노아노아

노아노아
Noanoa

향기로운 타히티

$\mathcal{P}Gauguin$

폴 고갱

정진국 옮김

차례

노아노아 9

- 이 책은 고갱의 《노아노아》 결정판(1924년)의 완역이다.

- 초판과 결정판 이후 프랑스어로 표기했던 타히티어는 현행 타히티어 표기로 바꾸었고 일부 오류는 바로잡았다. 다만, 타히티어 자음은 된소리(ㄸ, ㅃ)지만 거센소리(ㅌ, ㅍ)로 표기했다. 모음에서, <Ā, ā> 등은 긴소리(장음)이다. No'ano'a처럼 모음 앞에 쓰인 < ' > 표시는 목구멍 소리(성문 파열음 또는 정지음, Glottal Stop)로 목청을 열고 공기의 흐름을 일시적으로 막았다가 내는 소리인데 한국어에는 존재하지 않는다.

- 지명이나 식물, 민속 관련 명칭은 타히티어 우선으로 하되, 일반적인 것은 관용을 따랐다.

- 타히티의 천문과 신화, 자연과 문화에 관련 문헌을 통한 주석을 달았다. 아울러 고갱이 인용하거나 참조한 글을 원문과 대조하여 문장의 뜻을 명확하게 정의했고, 종종 논란이 되는 내용은 관련 사항을 설명했다. 이것은 지금까지 프랑스판은 물론 영어, 독일어 번역본에도 없는 《노아노아》 텍스트에 대한 한국어판에서의 새로운 접근이다.

증기선도 돛배도 없이 여행하리.

지루한 감옥을 벗어나

팽팽하게 당겨진 정신에

바다의 캔버스에 추억을 펼쳐라.

말하라, 그대가 본 것은 무엇인가?

—보들레르, <여행>

1

6월 8일 밤, 63일에 걸친 항해와 바라던 땅을 향한 끝없는 열망과 초조한 기다림 끝에 드디어 지그재그로 퍼지는 바다의 불빛을 보았다. 어두운 하늘을 향해 우둘투둘한 검은 뿔이 솟아 있었다.

우리는 모오레아(Mo'orea) 섬을 선회해 타히티로 향했다.

몇 시간 뒤에 동이 텄다. 내가 탄 배는 베뉴스(Vénus) 곶의 머리로 천천히 접근했고 암초를 피해 파페에테(Pape'ete) 항구로 들어가 부두에 무사히 닻을 내렸다.[1]

이 작은 섬의 첫 인상은 요정의 나라는 아니었다. 리우데

---

1) 1891년 타히티에 도착했다.

자네이루의 멋진 바다에 비할 수도 없었다. 태고의 대홍수에 잠긴 산봉우리였을 뿐이다. 높은 곳 하나가 외롭게 바다를 거느리고 있었다. 오래 전에 한 종족이 이곳으로 피신해 터전을 마련했다. 산호초가 주변에 섬을 만들면서 솟아올라 산을 세웠다. 섬은 점점 커졌지만 광대한 바다가 위협하는 고립과 고독, 최초의 상태 그대로였다.

아침 열 시, 나는 흑인 총독 라카스카드[2] 앞에 출두했다. 총독은 나를 중요한 사람으로 맞이했다. 프랑스 정부가 맡긴 임무 때문에 이런 예우를 받았을 것이다.

'예술임무'라는 것이지만, 흑인 총독은 공식정보원과 같은 말로 받아들일 뿐이어서, 나는 오해하지 말라고 애를 썼다. 주변의 모든 사람들이 똑같이 오해했다. 내 임무는 무보수로 특별한 것이 아니라고 했지만 누구도 믿으려들지 않았다.[3]

---

2) Lacascade, 프랑스 영토 과들르프(카리브해) 출생의 프랑스 정치인.
3) 공공교육성으로부터 예술임무라는 무보수의 공식 명칭을 받았다.

파페에테 생활은 금세 부담스러웠다. 그곳은 유럽이었다. 내가 벗어났다고 생각했던 유럽. 식민지 속물근성과 창피한 모방에 젖은 괴상하기 짝이 없는, 웃기는 자들이 살고 있었다. 이런 데를 찾아서 이렇게 멀리까지 온 것은 아니었다.

✳

내가 도착했을 때 흥미로운 행사가 있었다.

그 무렵 포마레(Pōmare) 왕이 중환으로 죽음을 앞두고 있었다. 도시의 분위기는 이상하게 돌아갔다. 원주민들은 궁전 주변에서 침울한 모습으로 수군대었지만 유럽에서 건너온 상인, 공무원, 장교와 사병들은 모두 웃고 노래하며 시내를 돌아다녔다.

항구에는 파란 바다와 이따금씩 갑자기 은빛을 반사하는 산호초 사이로 오렌지색 돛배들이 성급하게 오갔다. 그들은 이웃 섬의 원주민들이었다. 프랑스가 제국의 소유로 끝까지 쥐고 있던 왕의 임종을 지키려고 매일 찾아드는 길

이었다.[4]

마침내 높은 곳에서 예언이 내려왔다. 왕이 사망할 때마다 산봉우리애서 검은 반점들이 생긴 태양[5]이 산기슭에 석양을 드리운다.

왕이 사망하자 해군 제독의 제복을 입힌 시신을 왕궁에서 공개했다.

왕궁에서 나는 마라우(Marau) 왕비를 보았다. 왕실은 꽃과 장식으로 꾸며졌다. 행정관이 내게 장례식장을 어떻게 꾸며야 할지 조언을 부탁해서, 마오히족[6]의 훌륭한 풍습대로 왕비 주변을 우아하게 가꾸고 그녀가 다루게 될 물건들은 예술품처럼 품격이 있어야 한다고 말해 주었다.

---

4) 1880년 프랑스는 포마레 5세를 퇴위시키고 주권을 양도받았다. 현재 타히티 인근 섬들은 '프랑스령 폴리네시아'이다.
5) 태양의 흑점 현상. 자외선이 사람의 DNA에 영향을 미치는 것으로 추정하고 있다.
6) 프랑스령 폴리네시아의 마오히(Māʼohi, Maohi). 하와이의 마올리(Kanaka Maoli), 뉴질랜드의 마오리(Maori)를 넓게는 같은 종족으로 보지만 이 책에서는 구분하여 마오히로 표기했다.

그러나 그날은 왕비를 제대로 이해하지 못했다. 내가 바라던 모습이 아니라서 실망스러웠다. 유럽식으로 허접한 것들로만 치장해서 역겨웠다. 바로 얼마 전에 정복당한 그들은, 그들 민족이 간직하고 있는 것에 프랑스에서 최근에 들여온 허접하고 격이 떨어지는 군더더기를 채웠다. 나는 조금 놀랐다. 성숙한 나이의 왕비[7]는 아름답고 풍만한, 보통 여자로만 보였다.

그날, 왕비의 유대인 혈통이 나를 압도했던 것 같다. 나중에 왕비를 다시 보고나서야 나는 마오히족의 매력을 알았다. 타히티의 혈통이 살아있었다. 다른 왕족들과 마찬가지로 왕비에게서도 타티(Tati) 대부족장을 비롯한 조상의 기억을 지닌 위엄이 드러났다. 장엄한 조각품처럼 당당하고 우아했다. 두 팔은 신전의 기둥 같았다. 단순하고도 강직하게 높은 한 점으로 선이 이어진 그녀의 신체는 삼위일

---

7) 타히티 왕국의 마지막 왕비 마라우(Marau Ta'aroa). 14세에 왕과 결혼했고 왕이 사망할 때 30세였다. 아버지는 영국에서 온 유대인, 어머니는 타티 대부족장의 후손이다.

체의 거대한 삼각형을 떠오르게 했다. 왕비의 눈에서는 주변에 살아 있는 것들을 당장이라도 끌어안을 듯 타오르는 열기가 막연히 느껴졌다. 이 섬도 대양에서 그렇게 솟구쳤고 식물들도 태초의 빛에서 피어나지 않았을까.

타히티 사람들은 모두 검은 상복을 입고 이틀 동안 애도의 노래로 히메네(Hīmene, 합창곡)를 불렀다. 내게는 '비창 소나타'처럼 들렸다.

매장하는 날이 되자, 아침 여섯 시에 궁전을 나섰다. 군인들과 관리들은 검은 옷을 입고 흰 투구를 썼고 원주민들도 상복을 입었다. 모든 구역의 주민들이 차례로 뒤를 따랐다. 구역장들은 프랑스 국기를 들었다. 짙고 검은 행렬이었다. 아루에('Ārue) 지역에서 모두 멈추었다. 비석이 서 있는 곳이었다. 산호 덩어리와 시멘트로 끔찍하고 괴상하게 뒤얽힌 식물 장식을 붙여 뭐라고 말하기조차 어려운 분위기였다. 라카스카드 총독이 상투적인 연설을 했고 마오히족 조수가 통역을 했다. 이어서 개신교 목사가 설교했다. 끝으로 왕의 처남 타티가 답사를 했다. 이렇게 끝났다. 사람들이 흩어졌고 공무원들은 마차에 올랐다. 경주를 끝내고 돌아가는 길 같았다.

어수선하게 돌아가는 길에 무심한 프랑스 사람들은 며칠 전부터 침울한 원주민들 앞에서 웃고 떠들기 시작했다. 원주민 바히네(vahine, 여자, 아내)들은 타네(tāne, 남자, 남편)의 팔을 잡고 엉덩이를 흔들며 커다란 맨발로 길바닥의 먼지를 풀풀 날리면서 걸었다.

파우타우아(Fautaua) 강변[8]에 이르자 모두 흩어졌다. 여기저기 작은 돌들 사이에서 여자들은 몸을 웅크리고, 치마를 허리까지 걷어 올리고 물속에 들어가 행진과 더위에 지친 다리와 엉덩이를 식혔다. 이렇게 씻고 나서 여자들은 다시 파페에테로 향했다. 가슴을 세우고 얇은 웃옷 안에서 오르내리는 건강한 젖가슴을 출렁대며 걸었다. 여자들은 동물과 식물이 섞인 향기를 발산했다. 머리에 화관으로 두른 티아레(tiare)꽃[9] 향기와 그녀들의 혈통에서 풍기는 향기

---

8) 오로헤나 산에서 내려오는 파우타우아 계곡의 물줄기.
9) 향이 진한 5~8개의 꽃잎을 가진 순백색 꽃 티아레 타히티(Tiare Tahiti). 타히티를 상징하며 여자들이 머리에 꽂는다. 타히티 원산의 빨간색 아우테('Aute, 타히티 히비스커스)도 머리에 꽂는다. 티아레는 코코넛 오일에 담가 향유(모노이, Monoi)를 만들기도 한다.

였다.

여자들은 "노아노아('I teie nei e mea rahi no'ano'a,[10] 나는 이제 아주 향기로워)"라고 말했다.

모든 것이 다시 제자리로 돌아갔다. 포마레 5세 왕과 함께 옛날 위대한 관습의 마지막 자취도 사라졌다. 마오히 전통도 그와 함께 죽었다. 완전히 끝났다. 제기랄! 문명의 승리였다. 군인과 장사꾼과 관료의 문명 말이다.

깊은 슬픔이 나를 엄습했다. 이곳을 찾아오려고 수많은 길을 돌아왔다. 심지어 도망쳐 왔다! 타히티로 나를 데려온 꿈은 현재에 의해 잔인하게 거부되었다. 나는 옛날의 타히티를 사랑했다. 그런데 완전히 망가졌다고 생각하니 참기 어려웠다. 훌륭한 한 종족이 그 오랜 영광을 지키지 못했다고 말해야만 하다니!

---

10) 노아노아(no'ano'a)는 Noa Noa라고도 쓰기도 하지만 타히티어에서는 단일 낱말이다. '향기로운'이라는 형용사이며 '향기, 향수, 꽃다발'이라는 명사이기도 하다.

망고를 든 여인: 테우라의 초상

Vahine No Te Vī

하지만 까마득하고 신비스런 과거의 자취가 여전히 남아있다 해도 혼자서 어떻게 찾을 수 있을까? 꺼진 아궁이를 찾아내, 재에서 다시 불을 지필 수 있을까?

이렇게 실망이 커도, 모든 시도를 다 하지도 않고 포기할 내가 아니다. 불가능하더라도.

나는 다시 다짐했다. 파페에테를 떠나자. 유럽의 중심에서 벗어나자. 열대의 숲에서 그들과 더불어 완전히 자연에 기대어 참고 살다보면 내가 알던 이 사람들의 결함을 이겨낼 수 있지 않을까.

헌병장교가 고맙게도 내게 마차와 말을 내주었다. 어느 날 아침 나는 '나의 오두막'을 찾아 떠났다.

'바히네'가 나를 따랐다. 그녀의 이름은 티티(Titi). 영국여자나 다름없는데 프랑스어를 조금 할 줄 알았다. 이날 티티는 가장 예쁜 옷을 입었다. 마오히 풍습대로 귀에 티아레꽃을 꽂고, 식물 줄기로 짠 모자를 썼다. 모자에 짚으로 엮은 꽃과 주황색 조가비 장식을 곁들인 리본을 둘렀다. 어깨까지 치렁치렁한 검은 머리를 늘어뜨렸다. 우아하게 마차를 타고, 꽤 부자에 중요한 인물이라고 생각하는 남자의 '바히네'가 된다는 자랑에 넘치는 그녀는 정말 예뻤다. 이런 자부심은 이 민족 특유의 당당한 표정과 마찬가지로 조금도 어설프지 않았다.

이곳 주민은 오랫동안 봉건 역사[11]를 이어왔다. 위대한 부족장들에 대한 추억은 말할 수 없는 자랑거리다.

유럽사람 못지않은 진지한 애정이다. 하지만 다른 점이 있다. 그 눈과 입은 거짓말을 하지 않는다. 모든 타히티 여인에게 사랑은 정말 피 속에 있다. 득이 되든 아니든 항상 그렇게 사랑한다.

길은 짧았다. 평범한 이야기 같은, 울창한 숲이 있는 단조로운 풍경이다. 길의 오른쪽은 항상 바다인데 파도가 산호초나 암초와 심하게 부딪칠 때면 물바다로 넘친다.

정오에 우리는 45킬로미터 거리를 지난 끝에 마타이에아(Mataiea)[12] 마을에 도착했다.

---

11) 포마레 왕조 이전은 지역의 왕이나 부족장들의 시대였다.
12) 파페에테는 섬 북쪽이고 마타이에아는 남쪽이다.

타히티의 산

Montagnes de Tahiti

나는 마을을 한 바퀴 돌아보았다. 멋진 오두막을 찾아 냈다. 집주인은 내게 집을 빌려주었다. 주인은 자신이 살 집을 옆에 다시 한 채 짓겠다고 했다.

다음 날 저녁, 우리는 파페에테로 돌아왔다. 티티는 내가 자기와 함께 살면 좋지 않겠냐고 물었다.

"나중에, 며칠 더 있다가 내가 자리 잡고 나서."라고 답했다.

백인과 혼혈인 티티는 유럽인과 접촉하면서 자기 종족의 특징을 거의 잊어버렸다. 내가 알고 싶어 하는 것을 조금도 가르쳐 줄 수 없을 것이다. 내가 원하는 특별한 행복을 전혀 줄 수 없다는 생각이 들었다. 아무튼 나는, 내면에서, 시골에서, 내가 바라는 것을 찾을 것이다. 선택의 문제일 뿐이라고 생각했다. 그렇지만 시골은 도시와 다르다.

✳

며칠 동안 나는 많이 아팠다. 겨울에 파리에서 생긴 기관지염이 도졌다. 파페에테에서 나는 완전히 혼자다. 조금만 더 참고 45킬로미터 떨어진 그곳으로 가자.

"요라나('Ia ora na, 안녕), 고갱."

어느 날 예고도 없이 불쑥 공주가 내 방으로 들어왔다. 무더운 날씨 때문에 나는 파레오(Paréo, Pāreu)[13]만 허리에 가볍게 두르고 침대에 있었다.

"아프다기에 보러 왔어요."라고 그녀가 말했다.

"누구시죠?"

"바이투아(Vaitua)"

바이투아는 작고한 포마레 왕의 조카였다. 그녀는 왕을 애도하는 검은 드레스를 입었고, 귀에는 꽃을 꽂았지만 맨발이었다. 비록 유럽 사람들이 억지로 그녀의 격을 낮추었지만 진짜 공주였다. 그녀의 아버지 타마토아(Tamatoa)는 유럽 사람들과의 마찰이나 회유에도 불구하고 마오히 왕족이 아닌 다른 것이 되기를 거부했다. 혼란기 분노의 순

13) 타히티어로 '파레우'. 남자는 허리에 짧게, 여자는 가슴 위에서부터 길게 또는 허리에 짧게 두르는 치마 같은 옷.

간에는 미노타우로스[14]처럼 무서운 싸움꾼이었다. 바이투아는 아버지를 많이 좋아했다고 한다.[15]

흰색 헬멧[16]를 쓰고 이 섬에 들어온 다른 유럽 사람들처럼 나도 이제는 공주가 아닌 공주를 바라보았다. 입술에 미심쩍은 미소를 지었지만, 나는 예의를 갖추어 말했다.

"찾아와줘서 고맙습니다. 압생트 한잔할까요?"

얼마 전에 사둔 술병을 가리키며 내가 말했다.

공주는 무덤덤하게 술병이 놓인 곳으로 걸어가서 바닥에 놓인 병을 잡으려고 허리를 구부렸다. 속이 비치는 가벼운 드레스가 그녀의 허리에서 팽팽해졌다. 한 세상을 버텨주는 허리였다. 확실히 그녀는 공주였다. 용맹한 거인들의 후손이었다. 넓은 어깨 위에 단단하게 이어진 강하고 자랑

14) 그리스 신화, 황소 머리를 가진 인간.
15) 타마토아는 라이아테아 섬의 왕이 되었지만 왕위를 박탈당했다. 바애투아(Teri'i-vaetua) 등 4명의 딸이 있었다.
16) 피스 헬멧(Pith helmet, Salacot). 열사병을 피하려는 용도로 제국주의 시대 스페인에서 시작된 흰색 사파리 헬멧. 군인과 민간인 남녀 모두 애용했다.

스러운 야생의 머리, 옛날 식인종의 턱. 잠시 그녀의 턱과 치아가 무시무시해 보였다. 잔인하고 교활한 동물이 숨어 있는 모습이 떠올랐다. 그녀의 이마는 아름답고 고귀했지만 갑자기 못생겨보였다.[17]

내 침대에 공주가 앉으면 허약한 나무침대는 우리 둘을 받쳐주지 못할 것이었다. 그런데 공주가 내 침대에 앉았고 침대다리가 삐걱이는 소리를 냈다.

우리는 술을 마시며 가까워졌다. 그렇지만 우리의 대화에는 생기가 없었다. 말없이 그냥 있기도 어색했다. 나는 공주를 바라보았고 공주도 나를 쳐다보았다. 술병의 술만 줄어들었다.

바이투아는 술을 잘 마셨다. 해는 금방 기울었다. 그녀는 타히티 담배를 말아 들고 침대에 길게 몸을 기대더니,

---

17) 미국 소설가 허먼 멜빌은, 1840년 고래잡이 어선에서 탈출해 마르키즈 제도 누크히바 섬에서 식인풍습을 지닌 원주민들과 함께 지낸 체험을 바탕으로 쓴《타이피, Typee》(1846년)에서, '이미 살해된 적의 시체이고, 원주민 전체가 아닌 부족장과 종교 사제들만 참석하는 의식'으로 식인을 직접 목격한 서양인은 없다고 말했다.

두개골을 핥는 호랑이의 혀처럼 맨발로 침대 끝을 어루만
졌다. 그녀의 얼굴은 특이하게 부드러워졌고 생기가 넘쳤
다. 나는 무섭게 욕망을 채우고 싶어 하는 고양이 울음소
리를 들었다고 상상했다.

남자는 참으로 쉽게 바뀐다! 갑자기 그녀가 떨리는 목소
리로 "잘 생겼네."라고 말했다.

나는 움찔했다.

분명히 공주는 매력적이었다. 나직하면서도 짱짱한 목
소리로 공주는 라퐁텐의 우화 <매미와 개미>를 암송하기
시작했다.(어릴 적에 자신을 가르쳐준 자매들 틈에서 배웠
다는 흐뭇한 기억을 곁들였다.)

담배도 다 피웠다. 담배는 연기로 사라졌다. 공주가 자
리에서 일어났다.

"고갱, 근데 있잖아, 나는 당신네 라퐁텐을 좋아하지 않
아."라고 말했다.

"그래요? 우리는 좋다고들 하는데⋯⋯"

"좋을지도 모르지. 그런데 기분 나쁜 설교로 나를 괴롭
혀서 귀찮아. 개미들!"

(그리고 그녀의 입술에서 혐오감이 드러났다.)

"매미! 나는 매미가 좋아, 예쁘고, 노래도 잘 불러. 매미들은, 늘 노래하지. 항상, 언제나!"

그리고 덧붙였다.

"우리 왕국은 정말 아름다웠어. 사람들은 이 땅에서 풍족했고, 우리는 일 년 내내 노래했어."

"내가 술을 너무 많이 마셨나봐. 갈래. 이러다가 엉뚱한 짓이나 하겠어."

정원의 문 앞에서 소년이 바이투아를 불렀다. 모든 것을 다 알고 또 아무것도 모를 법한 나이의 소년이었다. (사무실에서는 그 소년을 서기라고 불렀다.) 바이투아는 그를 '우리('ūrī, 개)'라고 불렀다.

나는 침대에 누워 베게에 머리를 대고, 귓속에서 속삭이는 소리를 들었다.

"안녕, 고갱"

"안녕. 공주"

풍요로운

Ruperupe

*

나는 파페에테를 떠나 마타이에아 마을로 갔다. 한쪽은 바다, 다른 쪽은 산, 장엄한 산이다. 굉장한 협곡을 둘러싼 바위산으로 망고나무 숲이 울창하다.

나는 산과 바다 사이, 푸라우[18] 꽃나무로 만든 오두막에 자리를 잡았다. 그 옆에 작은 집 한 채가 있다. '파레 아무(fare 'amu,[19] 식사용 오두막)'이다.

아침이다.

바다, 해변에 배 한 척이 보였다. 배 안의 여자, 물가의 남자는 거의 발가벗었다. 그 옆에 죽은 코코넛 나무는 거

---

18) 푸라우(Pūrau). 틸리아세우스 무궁화(Hibiscus tiliaceus)라고 불린다. 아침에 꽃잎이 연한 노랑으로 피어나 낮에 주홍으로 변하고 붉은색이 되어 떨어진다. 나무는 배와 노를 만들고, 꽃은 항염제, 껍질은 끈으로 사용한다. 고갱은 부라오(Bourao)라고 썼다.

19) 파레는 '집'이라는 뜻. 고갱은 파페에테에서 3개월을 보낸 후 마테이에아 마을 오두막으로 거처를 옮겼다.

도끼질하는 남자

L'homme à la hache

대한 앵무새 같다. 코코넛 열매를 발톱으로 움켜쥐고 황금빛 꼬리를 길게 늘어뜨린 새. 남자는 두 손으로 묵직한 도끼를 들어올렸다. 은빛 하늘을 푸른빛으로 가르면서 고목을 찍었다. 수많은 세월동안 매일 되풀이되는 불꽃이 순식간에 다시 번쩍였다.

자줏빛 바탕에, 구릿빛의 길고 구불구불한 잎사귀들은 머나먼 동방의 문자를 닮았다. 이곳의 언어로, 아투아(Atua, 신), 파우(Fau, 신령), 타아타(Ta'ata, 사람) 또는 타카타(Takata, 부처) 같은 이름들을 써놓은 글씨처럼 보였다. 사방으로 퍼져 인도의 어느 종교에서나 볼 수 있는 원시의 이름처럼.

타타가타(Tathagata, 여래, 부처)는 말했다.
왕들과 고관들의 화려함을 먼지 같은 것으로 보라. [20]

20) 중국 승려들이 쓴 《42장경, 四十二章經》의 마지막 42장 내용이다. 원문(한문)을 통해 우리말로 다시 옮기면, '부처께서 말씀하셨다. 왕후의 지위를 지나가는 먼지처럼, 금과옥의 보배를 모래 자갈처럼 보라(佛言. 吾視王候之位 如過客, 視金玉之寶 如礫石)'이다.

순수와 불순은 여섯 개의 머리를 가진 나가(Naga)의 춤 같은 것으로 보라. [21]

붓다(Buddha)의 길은 꽃과 같은 것이다.[22]

배 안에서 여자는 그물을 손질했다. 바다의 파란 수평선은 산호초에 부딪쳤다가 다시 떨어지는 파도의 물마루에 녹색으로 부서지고 또 부서졌다.

저녁 무렵, 해변 모래밭에 나가 담배를 피웠다.

수평선 너머로 빠르게 지는 해는 오른쪽에 있는 모오레아 섬에 이미 반쯤 가려졌다. 역광 때문에 짙고 강렬하게 불타는 하늘을 배경으로 산은 검게 돋보였다. 봉우리들이 요철모양의 성벽(총안)을 두른 고성(古城)을 그려냈다.

이런 자연의 모습 앞에서 옛날 왕들의 시대 같은 상념이 떠오른다면 헛된 일일까? 저 멀리 봉우리 끝은 거대한 투

---

21) 《42장경》, '바른 것과 어긋난 것을 마치 육룡이 춤추는 것처럼 보라(視倒正, 如六龍舞)', 순수와 불순은 허상이며 같은 것이라는 뜻이다. 나가(Naga)는 불법을 수호하는 큰 뱀 또는 용이다.
22) 《42장경》, '불도(佛道)를 눈앞의 꽃처럼 보라(視佛道, 如眼前華)'

구의 정상 같다. 주변에서 거대한 물결이 으르렁대지만 봉우리까지 치솟지는 못한다. 무너지는 것들 사이에서 봉우리는 홀로 남아 정상을 지키는 수호자로, 천국 가까이에 있다.

바다의 심연은 너무 깊어 막막한 눈길만 보낼 뿐이다. 이성의 나무를 건드렸다고 벌을 받은 자들이 빠진 곳이다. 생각했다는 죄를 지은 자들이다. 봉우리도 스핑크스처럼 생각하지 않을까. 그 거대하게 찢어진 아가리로 야릇하고 준엄한 미소를 띤 채 내려다본다. 과거를 묻어버리는 물결을……

금세 밤이 찾아왔다. 모오레아 섬은 고요히 잠들었다. 침묵! 나는 비로소 적막한 타히티의 밤을 알았다.

내 가슴이 뛰는 소리만 들렸다. 내 오두막들의 거리만큼 서로 떨어져서 줄지어 있는 갈대숲을 달빛이 적시는 모습이 침대에서 보였다. 타히티 사람들이 비보(Vivo)[23]라고 부

---

23) 코로 부는 피리. 3개의 구멍이 있고, 맑고 높은 소리를 낸다.

르는 오래된 피리 같았다. 하지만 낮에는 고요한 악기다. 밤에만 달빛과 기억에 젖은 사랑스런 소리를 낸다. 나는 이 음악에 빠져 잠들었다.

하늘과 나 사이에는, 도마뱀들이 살았던 가벼운 판다누스(Pandanus)[24] 잎으로 덮은 큰 지붕뿐이다. 나는 잠결에 내 머리 위로 펼쳐진 자유로운 공간, 천상의 궁륭과 별들을 느꼈다. 유럽의 집들, 그 감옥으로부터 나는 이렇게 멀리 떨어졌다!

마오히 사람들의 오두막은 영원과 우주와 삶으로부터 누군가를 떼어놓거나 추방하지 않는다. 그런데 이곳에서 나는 혼자라고 느꼈다. 이쪽저쪽에서 동네 사람들과 나는 서로 바라보지만 완전히 거리가 있다.

이틀이 지나자 식량이 떨어졌다. 어떻게 해야 하나? 돈만 있으면 생필품을 쉽게 구할 수 있을 거라고 생각했다.

---

24) 타히티어로는 파라(Fara). 판다누스 잎은 방수 기능이 있다. 잎을 바닷물에 적신 뒤 바닷가 모래밭의 햇빛에서 이삼일 말린다. 말린 잎들을 펴고 연결해서 지붕으로 얹는다. 염분이 해충을 막아준다. 모자, 매트, 바구니 같은 공예품도 만든다. 열매는 식용한다.

잠에 빠져들다

Mata Moe

실수였다. 이곳에서 살자면 자연에 의존해야 한다. 자연은 풍부하고 넉넉하다. 자연은 숲과 산과 바다에 저장해둔 보물에서 자기 몫을 달라는 사람을 물리치지 않는다. 그렇지만 높은 나무에 기어오르고, 산을 타고, 무거운 짐을 지고, 물고기를 잡고, 바다 밑으로 잠수해서 바위에 단단히 붙은 조개를 떼어낼 줄 알아야 한다.

나는 이곳 원주민에 비하면 못난 문명인이다. 돈은 자연에서 나온 것이 아니니, 자연에서는 생필품조차 구할 줄 모르는 나는 이웃의 야만인들보다 열등하다.

그런데, 배가 고파서 내 처지를 서글퍼하던 참에 소리를 지르며 달려온 원주민이 있었다. 그의 몸짓이 풍부해서 내게 무슨 말을 하는지 이해할 수 있었다. 저녁식사에 나를 초대한다는 뜻이었다. 나는 부끄러웠다. 머리를 가로저어 사양했다.

몇 분 뒤, 한 소녀가 아무 말도 없이 문간에 먹을 것을 가져다 놓았다. 신선한 잎으로 깨끗하게 싼 음식이었다. 나는 배가 고팠다. 말없이 그것을 받아들였다.

조금 뒤, 사내가 내 오두막 앞으로 웃음을 띠고 지나가며 이런 질문을 던졌다.

"파이아?(Pa'ia)"[25]

'먹을 만했습니까?'라는 뜻으로 들렸다.

이렇게 원주민과 친해지기 시작했다. '야만인!' 이곳 원주민들이 식인풍습(카니발리즘)의 이를 가졌다고 생각했을 때 바로 떠오른 말이었다.

그러나 이제 나는 그들의 참모습을 이해하기 시작했다. 차분한 눈을 반짝이는 작은 갈색머리 소년은 땅바닥의 큰 호박잎들 사이로 몰래 나를 훔쳐보다가 내가 눈길을 돌리자 도망쳐버렸다. 그들을 내가 그렇게 보았듯이 그들도 나를 미지의 대상으로 주시했다. 말도, 가장 기본적인 일도, 자연스런 생활도 모르는 사람이었으니, 내가 그들을 야만인으로 보았듯이 나 또한 그들에게는 '야만인'이었다.

일을 시작했다. 노트에 글을 쓰고 스케치도 했다. 그러나 풍경이 너무 밝고 강렬한 빛깔이어서 눈뜨기조차 어렵

25) 타히티어로 '먹은 음식에 만족했어요?'라는 뜻이다.

《노아노아》 필사본의 수채화

다. 전에도 항상 머뭇거렸는데 여기서도 오후 2시가 되도록 모색만 했다. 그러나 보이는 대로 칠해보니 너무 쉬웠다. 파란색, 붉은색, 너무 따지지 않고! 골짜기의 개울과 금빛 모양이 멋지다. 이런 황금빛과 찬란한 태양으로 왜 캔버스를 채우지 못하고 망설였을까?

유럽의 낡은 일상 때문이다. 퇴화한 인종의 나약한 표현 습관 탓이다.

＊

타히티 사람의 특별한 표정과 마오히족의 매력적인 미소를 그려보고 싶었다. 그래서 순수한 타히티 혈통의 이웃 여자 초상을 그릴 계획을 세웠다. 그녀에게 부탁해보려고, 내 오두막으로 그녀가 그림을 구경하러 오기를 하루쯤 기다렸다.

마침내 그녀가 용기를 내서 내 오두막으로 들어와 벽에 붙여놓은 그림 도판(사진이나 인쇄물)을 구경했다. 특히 마네의 <올랭피아, Olympia>를 바라보며 궁금해 했다. 내가 물었다.

"어때요?"

(나는 몇 달 전부터 타히티 말을 익혔고 그 뒤로는 프랑스어를 하지 않았다.)

이웃 여자는,

"여자가 참 예쁘네."라고 했다.

나는 기분이 좋아서 웃음이 나왔다. 그녀는 미적 감각이 있었다. 그렇지만 에콜드보자르(미술학교) 선생님이 이 여자를 본다면 뭐라고 할까? 여자는 잠시 생각하더니 불쑥 입을 열었다.

"당신 아내인가요?"

"네!"

나는 거짓말을 해버렸다. 올랭피아가 내 아내라고.

그녀가 14세기 이탈리아 종교화들을 흥미롭게 들여다보는 동안, 나는 그녀를 스케치했다. 알쏭달쏭한 그 미소부터 잡아보려고 했다. 그녀는 불편하다는 듯 찡그리며 말했다.

"안 돼요." 그러면서 달아났다.

한 시간 뒤, 그녀가 다시 나타났다. 귀에 꽃을 꽂고 예쁜 옷을 입고!

그녀는 무슨 생각을 했을까? 왜 다시 왔을까? 장난이었을까? 아니면, 뿌리치다가 못이기는 척하면서 재미있어 했을까? 금단의 열매에 끌렸을까? 이것도 저것도 아니라면, 그저 마오히족의 습관적인 변덕이었을까?

나는 그 여자를 모델로 삼아 깊은 내면을 알아보려고 했다. 마치 영혼을 사로잡고, 은근히 설득하고 겁박하면서, 완전히 정복하듯 그려보려고 했다.

그 여자는 아주 예쁘지는 않았다. 유럽 사람의 미적 기준으로 보면 그랬다. 그렇지만 아름다웠다. 흠잡을 데 없이 잘 어울리는, 천사 같은 느낌의 곡선들로 빚어졌다. 생각과 입맞춤, 기쁨과 고통의 언어를 모두 말하는 그 입술은 조각가가 깎아낸 모양이었다. 알 수 없는 두려움과 쾌감이 뒤섞인 씁쓸한 우수와 타고난 겸양을 드러내는 모습이었다. 수동적으로 받아주면서 마침내 지배하는 여자의 모습이다.

나는 서둘러 그렸다. (그녀의 마음이 언제 바뀔지 몰라 걱정하면서 열심히 그렸다.) 가슴에 와 닿는 대로 보이는

꽃의 여인: 올랭피아가 아내냐고 물었던 이웃 여자.

Vahine Te Tiare

모습을 담았다. 특히 눈으로 볼 수 없는 것, 힘차고 뜨거운 불꽃을.

그녀의 우뚝하고 고상한 이마는 에드거 앨런 포의 글을 연상시켰다.

"완벽한 아름다움에는 특이한 비례가 있기 마련이다."

그녀의 귀에 꽂은 꽃이 향기를 뿜어냈다.

나는 한결 자유롭게 작업했다. 더 좋았다.

하지만 나는 외로울 수밖에 없었다. 고요한 눈을 가진 순수한 타히티 젊은 여자들을 나는 많이 보았다. 그녀들 가운데 누군가는 기꺼이, 나와 인생을 함께할 수도 있지 않을까?

그러나 그녀들은 한마디 말에도 마오히식으로('마우'라는 말, '붙잡다'처럼) 덜컥 다가온다. 타히티 여자들은 사랑에 욕심을 부린다.[26] 그런데 나는 그녀들 앞에서, 적어도

---

26) 타히티 여성을 왜곡한 성적 폭력성이 엿보인다는 논란이 있었다. 험하게 옮기면 여자들은 강간을 원한다가 된다. 성(젠더)과 예술

남편이 없는 순수한 젊은 여자들이 나를 바라보면 나는 너무 소심해진다. 깜짝 놀랄 정도다. 솔직하고 당당한 그 눈길에.

사람들은 이곳 여자들이 병들었다고 떠든다.(유럽 사람들이 처음 퍼트린 문명이라는 병이다.)

노인들은 내게 그녀들을 가리키면서 "마우 테라(Mau terā,[27] 그녀들 가운데 하나를 아내로 삼아라)"라고 말했다. 나는 대담하지 못했고 확신도 없었다.

티티에게 다시 와줄 수 있겠느냐고 물었다. 그런데 파페에테에서 티티의 평판은 끔찍하게 나빴다. 계속 애인들을

의 관계를 분석한 매튜는 이 부분 해석의 위험성을 지적하면서, 폭력적이고 음란한 것으로 다룰 것이 아니라, 타히티 문화의 관점에서 여성의 사랑이 야성적으로 거침없다는 의미로 봐야 한다며 앞의 문장, '인생을 함께 하다'를 강조했다. 매튜는 거친 남성성과 동성애적 경향을 함께 지닌 양성성으로 고갱을 진단하면서, 고갱의 그림 속 타히티 여성은 중성적이기도 하다고 말했다. Patricia Mathews, <Passionate Discontent: Creativity, Gender and French Symbolist Art>, 1999.

27) '그중 하나(테라)를, 붙잡아 고정하다(마우)'라는 뜻이다.

바꾸었는데 그들은 죽었다고……

　나와도 맞지 않았다. 그녀는 공무원들과 사귀면서 사치나 즐겼기에 따분했다. 그녀에게서는 이미 야성적인 것을 찾을 수가 없었다.

　몇 주 동안 지냈던 티티와 영영 헤어졌다.

　또다시 나는 혼자다.

2.

이웃 사람들과 나는 거의 친구처럼 지냈다. 나도 그들처럼 입고, 먹었다. 작업하지 않을 때면 그들과 함께 즐겁고 한가하게 지냈다. 가끔은 심각한 이야기도 나누었다.

저녁에는 코코넛 나무들이 흐트러진 머리를 늘어뜨린 울창한 덤불 아래, 남녀노소가 다 함께 모이곤 했다. 일부는 타히티, 나머지는 통가(Tonga), 아오라이(Aorai), 마르키즈(Marquises) 사람들이었다. 그들의 피부색은 마치 적갈색 벨벳 같은 나뭇잎과 멋지게 어울렸다. 구릿빛 가슴에서 울려나온 노래는 코코넛 나무의 우둘투둘한 줄기에 부딪쳐 가라앉곤 했다.

첫 번째 여자가 노래를 부르기 시작했다. 영혼의 불꽃같은 그녀의 힘찬 목소리는 새처럼 날면서 오르내렸고 다른 목소리들이 거기에 맞춰 위성처럼 주위를 돌았다. 그러더니, 남자들이 모두 함께 야성적인 외침을 합창하며 마무리했다. 타이티의 노래, 히메네(Hīmene)이다.

노래를 부르든 이야기를 하든 우리는 모두 한곳에 모였다. 기도부터 시작한다. 노인이 먼저 한 구절을 말하면 모두가 후렴으로 따라한다. 그러고 나서 노래를 부른다.

우스갯소리도 했고, 중요한 이야기도 가끔은 나누었고, 현명한 제안을 내놓기도 했다. 어느 날 저녁에 노인이 말했다.

"요즘 우리 마을 곳곳에서 집이 무너지고 있다. 지붕이 썩어서 벌어터지고, 비가 오면 물이 새고. 왜 그럴까? 비바람을 피해야하는데. 지붕으로 얹을 잎과 나무가 부족하지도 않은데. 그러니 허물어진 집 대신 넓고 튼튼한 새 집을 함께 지어야 한다. 다 함께 손을 써보자."

모두 박수를 쳤다.

"좋아요."

노인의 제안은 만장일치로 통과되었다.

저녁에 집으로 돌아오면서 생각해보니 그들은 정말 현명한 사람들이었다. 이튿날, 결정한 일을 시작한다는 소식

우파우파(춤과 노래가 있는 놀이)
Upa'upa

을 들었다. 그런데 일을 시작하려는 사람은 아무도 없었다. 어찌된 일인지 물었더니 이마에 주름을 잡으며 웃기만했다. 이유를 알 수 없어 궁금했다. 모두가 노인의 제안에박수를 치지 않았던가. 노인의 조언을 따르지 못할 까닭이라도 있는 것일까?

왜 일을 하냐고? 타히티의 신들이 매일 신자들에게 양식을 내어주는데?

내일 할 거라고? 어쩌면!

내일도 어쨌든 오늘처럼 화창하게 해가 뜰 것 아닌가?

이렇게 근심 없이 무심하고 가벼운 태도가 깊은 철학에서 나왔다는 것을 누가 이해할까? 사치를 경계하고 앞날을 대비한다는 구실로 취미를 억제하지 말아야 한다!

날이 갈수록 좋았다. 나는 마침내 그들의 말도 꽤 알아듣게 되었다. 이웃들은 나를 자기네 이웃으로 대했다. (셋은 바로 내 오두막 옆에 다른 많은 사람들은 조금 떨어진곳에 살았다.)

자갈길을 계속 걸어 다니다 보니 발에 굳을 살이 박였

열매 풍족하고 햇빛 좋은 날(또는 토요일)

Mahana Mā'a

다. 땅바닥을 디뎌도 아무렇지도 않았다. 거의 벌거벗고 지냈더니 몸도 햇빛을 따가워하지 않았다.

나는 문명에서 조금씩 멀어졌다. 이웃을 미워할 생각은 하지 않게 되었다. 잘 되었다. 그들을 사랑하게 되었다. 자유로운 짐승처럼, 그리고 인간답게 사는 즐거움을 알게 되었다.

사람이 만든 부자연스런 것에서 벗어나 자연으로 돌아가는 중이다. 내일도 오늘처럼 자유롭고 아름다운 날일 거라고 확실하게 믿으니 마음이 편하다. 거칠 것이 없고 더는 쓸데없는 걱정도 하지 않는다.

＊

한 친구가 나를 찾아왔다. 당연히 얄팍한 호기심 때문은 아니었다. 이웃 청년 조테파(Jotépha)인데 소박하고 잘생겼다. 내 그림과 목조에 관심이 많았다. 묻는 것도 많기에 가르쳐주었는데 하루도 빠짐없이 나를 찾아와 그림과 조각을 지켜보았다.

저녁에는 쉬면서 이야기를 나누었다. 젊은 친구답게 유럽의 이것저것에 호기심을 보였다. 특히 난처한 질문인 사랑에 관해 물었다. 질문은 그렇다 치고 그 친구의 답은 더욱 순진했다.

어느 날 나는 그에게 한 번 해보라며 조각도를 쥐어주었다. 그 친구는 펄쩍 뛰면서 순진하고도 진지하게, 나는 다른 사람들과 달라서 다른 이들이 할 줄 모르는 것을 할 수 있다고 말했다.

조테파는 세상에서 내게 이런 말을 처음 해준 사람일 것이다. 어린애 같은 말이지만, '예술가는 쓸모 있는 인간'이라고 생각해야 할 수 있는 말이니······

조각을 하려면 자단나무(Rosewood)[28]를 구해야 했다. 크고 굵은 것이 필요해서 조테파와 의논했다.

"산에 가야지요. 좋은 나무들이 있는 곳을 알아요, 같이 가서 찾아보고 베어요. 함께 들고 오면 되죠."

28) 붉은색의 단단한 목재. 조각 공예품이나 고급 가구를 만든다.

우리는 이른 아침에 떠났다. 타히티의 산길은 유럽 사람에게는 무척 힘들다. 두 봉우리 사이로 높은 장벽처럼 바위들이 치솟은 곳을 기어올랐고, 바위 사이로 뱀처럼 구비치는 개울을 건넜다. 개울은 급한 격랑이 되어 돌들을 쓸어내리면서 바다로 흘러들어간다.

개울의 양쪽에서 폭포의 물줄기가 쏟아졌다. 뒤얽힌 나무들, 빵나무, 아이언우드(ʼAito),[29] 판다누스, 푸라우 꽃나무, 코코넛 나무 사이로 길 같은 것을 찾아 들어갔다. 괴상한 양치식물[30]을 비롯해 엄청난 덤불과 야생 식물이 넘치는 밀림인데 섬의 중심으로 들어갈수록 헤쳐 나가지 못할 정도로 몹시 우거져 있었다.

우리는 허리에 짧은 천만 두르고 도끼를 든 알몸으로 수도 없이 계곡물을 건넜고, 눈으로 보면서 나아가는 것이 아니라 코를 킁킁 대면서 나무 냄새가 나는 곳을 찾았다.

29) 아이언우드(Ironwood)는 쇠처럼 단단해서 창, 화살을 만들었다.
30) 양치식물(고사리류)는 지구에서 가장 오래된 원시 식물로 종류는 1만여 종에 이른다. 타히티에는 4미터까지 자라는 것도 있다.

끝없이 장엄하게 뒤얽힌 온갖 풀과 꽃과 나뭇잎을 헤치면 서 나아갔다.

완전한 침묵의 세계였다. 바위 사이로 쏟아지는 계곡물 소리가 요란했지만, 침묵에 반주를 맞추는 단조로운 소음 이었다.

그 경이로운 숲, 고독과 침묵 속에서 우리 둘, 젊은이와 중늙은이. 나는 숱한 환상에 시든 영혼, 지나친 노력에 지 친 몸, 사회의 악습에 오래 찌들어서 도덕적으로도 육체적 으로도 병든 사람이었다!

조테파가 앞장섰다. 그는 남녀 한 몸의 인간처럼 잘 생 겼고, 동물처럼 날렵하고, 식물의 놀라운 기운을 모두 빨 아들인 것 같은 몸이었다.

조테파의 몸에서 풍기는 매력에 나는 완전히 취했다. 마 치 우리 둘의 단순하면서도 복합적인, 서로의 매력적인 우 정으로 빚어낸 짙은 향기에 젖어버린 듯했다.

내 앞에서 정말 인간이 걷고 있는 것일까? 벌거벗은 타히 티 사람들은 마치 동물들처럼, 우리 기후대의 사람들과는 다르게 양성의 차이가 두드러지지 않는다. 유럽 사람들은 여자들에게 힘든 일을 피하게 하면서 여자를 유약하게 만들었다. 우아하고 이상적인 몸매라는 거짓말로 여체의 발달을 막았다.

타히티에서는 숲과 바다의 공기가 폐를 강하게 한다. 어깨도 넓어지고 엉덩이도 커진다. 바닷가의 자갈과 햇빛도 남자든 여자든 가리지 않는다. 여자도 남자와 같은 일을 한다. 여자들에 비해 남자들은 게으르다. 남성다운 것이 여자들에게 있고, 남자들에게도 여성적인 것이 있다.

남녀 성별 사이의 유사성 때문에 그들의 관계도 쉬워진다. 알몸은 순수한 알몸으로 남는데, 정체불명의 도덕적 편견, 어떤 신비한 특권, 행운을 노리거나 행복을 차지하려는 관념이 없기 때문이다. 이것들은 문명인이 지닌 가학적인 것으로, 문명인들의 외설적인 것, 부끄러운 색정은 이들에게 없다.

왜 '야만인'들 사이에서 양성의 차이가 이렇게 줄어든 것일까? 남자와 여자는 서로 애인이 되고, 친구가 되어 어떻게 악행에 대한 관념조차 사라져버리는 관계가 될까? 문명인들에게서 갑자기 무서운 권위로 다시 튀어나오는 죄의식에 대한 관념 말이다.

세 명의 타히티인, 또는 대화

Trois Tahitiens, ou Conversation

숲속에는 우리 둘뿐이었다. 나는 갑자기 알 수 없는 욕망, 죄를 짓는 기분이 들었다. 악이 깨어났다. 항상 강해야 하고, 수컷은 보호자라는 지겨운 역할, 무거운 짐을 질 수 있도록 어깨가 튼튼해야 한다는 생각 때문이다. 일분만이라도 사랑하고 복종하는 약한 존재가 된다면……

관습을 두려워하지 않고 나아가자니 머리가 아팠다.

그러나 길은 끝났다. 개울을 건너려고 친구(조테파)가 등을 돌리자 남녀 한 몸의 존재 같았던 모습은 사라졌다. 분명 청년이었다. 순수한 그의 눈은 잔잔한 물처럼 맑고 투명했다.

나도 마음이 편안해졌다. 계곡의 차가운 물에 뛰어들었다. 몸도 마음도 시원했고 한없이 기분이 좋았다.

"차가울 텐데요"라고 그가 말했다

"아악!"

이것은, 마음속에서 변태적 문명에 맞선 싸움을 끝내는 외침이었다. 내 외침소리가 산속에 메아리쳤다. 자연은 내 외침을 들어주고 이해했다. 내가 싸움을 견뎌내자 자연은 큰소리로 나를 제 자식처럼 받아주겠다고 외쳤다.

자연이라는 거대한 어머니의 품을 파고들고 싶었던 것

처럼 나는 덤불숲으로 깊이 들어갔다. 내 친구는 곁에서 계속 차분한 눈빛이었다. 친구는 아무 것도 눈치 채지 못했다. 나 혼자서만 나쁜 생각에 짓눌렸다.

우리는 목적지에 닿았다. 가파르던 절벽들이 갑자기 사라지고 커튼처럼 막아선 나무들 뒤로 고원의 넓은 평지가 나타났다. 비밀스럽게 숨어 있는 고원이었지만 내 친구가 잘 아는 곳이었다.

자단나무 십여 그루가 잔가지들을 넓게 펼친 채 퍼져있었다. 우리는 가장 좋은 것에 도끼질을 시작했다. 내 작품용으로 알맞게 나뭇가지를 잘라냈다.

도끼질을 하던 내 손에서 피가 흘렀다. 거친 행동에서, 신성한 야만성에서 강렬한 쾌감이 솟았다. 내가 도끼로 후려치려던 것은 나무가 아니었다. 쓰러뜨려야 할 것은 나무가 아니었다. 그렇지만 다시 도끼를 들어 나무를 후려쳤을 때, 내 도끼가 박자를 타고 울리면서 내게 말하는 소리가 들렸다.

숲을 뿌리부터 모두 잘라내라. (욕망을)[31]

너 자신에 대한 애착을 잘라내라, 가을 연꽃을 꺾듯.[32]

사실 이때부터 낡은 문명인은 죽었다. 내게서 순수하고 강한 인간이 살아났다. 거친 도끼질로 문명과 악습에 영원한 작별을 고했다. 순수한 광채로 끔찍함을 물리쳤다. 퇴폐적인 영혼의 밑바닥에 깔려있던 타락한 본능에 비해 최근에 익힌 생활의 건강한 소박함은 믿기 어려울 정도의 매력을 쏟아냈다. 내적 시련이 평정되었다. 이제 나는 완전히 다른 인간이다. 야만인이다. 마오히족이다.

조테파와 나는 무거운 자단나무 토막을 들고 평온하고 기쁘게 돌아왔다. 노아노아!

---

31) 《법구경, Dhammapada》, 20장 진리의 길 283절: 나무를 베는 것에 그치지 말라 숲의 뿌리를 베라. 욕망의 숲에서 두려움이 생기니, 수행자들이여 욕망의 숲을 모두 베어 숲에서 벗어난 자가 되라.

32) 《법구경》, 20장 진리의 길 285절: 자신애 대한 애착을 끊어내라. 가을 연꽃을 꺾듯. 고요에 이르는 길을 찾으라.

우리가 지쳐 오두막에 돌아왔을 때 해는 아직 저물지 않았다.

조테파가 물었다. "잘 되었지요?"

"그래."

그리고 내 마음 깊은 곳에서 나에게 거듭 말했다. 그래, 그래. 자단나무를 깎을 때마다 나는 다시 젊어지는 기분과 승리감이 뿜어내는 향기를 깊게 들이마시곤 했다.

＊

타마누(Tāmanu) 고원은 타히티에서 가장 큰 푸나루우(Punaru'u) 계곡을 거쳐야 한다.[33] 그곳에서 섬의 중심지 오로헤나('Orohena), 아오라이(Aorai), 디아뎀(Diadèm, Te Hena

---

33) 푸나루우 계곡과 타마누(또는 테타마누, Tetamanu) 고원은 프랑스 제국주의 군대에 맞선 타히티 독립항쟁(1844~1846)의 최후 격전지였다.

o Mai'ao) 산도 보인다.[34] 여러 사람이 그곳 이야기를 했다. 나는 며칠간 혼자 가볼 계획을 세웠다.

"밤에 어떡하려고?"

"투파파우(Tūpāpa'u)[35]에게 시달릴 텐데."

"산의 혼령들을 방해하겠다니, 미쳤네!"

타히티 친구들이 이렇게 붙들고 말리는 바람에 더욱 호기심이 생겼다.

어느 날 아침, 나 혼자 떠났다.

두 시간가량 나는 푸나루우 계곡 강변의 오솔길을 따라갔다. 여러 번 강을 건넜다. 강의 좌우 양편에 있는 산이 거대한 암벽을 물 위에 비추었는데, 앞으로 나갈수록 수직으로 더 가파르게 치솟아서 결국 나는 강물 속으로 걸어야만 했다. 때로는 무릎까지, 때로는 어깨까지 물이 차오르는 깊이였다. 좌우의 가파른 암벽은 너무 높아서 해를 가

---

34) 오로헤나(2241미터), 아오라이(2066미터). 디아뎀(1361미터)
35) 유령, 죽은자의 혼령.

리기도 했다. 한낮인데도 짙푸른 하늘에 별이 보였다.

오후 다섯 시쯤 날이 저물어서 밤을 지새울 곳을 찾아다녔다. 오른쪽으로 넓은 평지가 나타났고 양치식물, 바나나나무, 푸라우 꽃나무가 무성했다. 마침 무르익은 바나나를 딸 수 있었다.

나는 서둘러 바나나를 구울 땔나무를 마련했다. 나의 한 끼 식사였다. 그럭저럭 끼니를 때우고 나서 혹시 모를 비를 대비해 바나나 나뭇잎들을 나뭇가지에 걸쳐놓고 그 아래서 잠을 자려고 누웠다.

추웠다. 물속으로 건너왔기에 몸이 떨렸다. 잠을 설쳤다. 야생 돼지들이 내 다리라도 물어뜯으러 올까봐 걱정했다. 도끼자루의 끈을 손목에 끼고 잤다. 밤은 깊었다. 머리맡의 아주 가까운 곳 말고는 아무 것도 분간하기 어려웠다. 그런데 특이하게도 반딧불처럼 반짝이는 먼지 같은 것들이 성가시게 굴었다.

잠든 사람들을 괴롭히려고 밤중에 설친다는 산속의 악령, '투파파우'에 관한 마오히족의 이야기가 생각나 웃음이 나왔다. 산속 깊은 곳, 어둠에 잠긴 숲이 '투파파우'의 근거지라고 했다. 그곳에서 악령들, 죽은 사람들의 혼령들이 군단처럼 무리를 지어 나타난다는 것이다. 악귀들이 들끓는 곳에서 위험하게 살아있는 자는 얼마나 불행한가! 나도 그런 신중치 못한 인간이었다. 꿈도 꽤 뒤숭숭했다.

나중에 알았지만 반짝이던 먼지들은 특별한 종류의 작은 버섯이었다. 늪지에서 내가 그러모아 불을 땐 것 같은 축축한 죽은 나뭇가지에 붙어산다.

이튿날 새벽에 나는 다시 길을 나섰다. 강물은 더욱 거셌다. 급류와 폭포가 점점 더 늘어나 물을 쏟아냈다. 종종 길을 잃었다. 나뭇가지들을 붙잡고 허공에 떠다니듯 뒤뚱대며 걷기도 했다.

물속에서 엄청나게 큰 가재가 나를 노려보았다. 이런 말을 하는 듯했다.

"뭐 하러 왔어?"

늙은 뱀장어들은 내 발길을 피해 달아났다.

갑자기 휘어진 길을 막아선 바위절벽 앞에, 벌거벗은 아가씨가 두 손을 받쳐들고 있었다. 높은 바위틈에서 흘러내리는 샘물을 받아 마시는 중이었다.

물을 마시고 나서 그녀는 두 손으로 다시 물을 받아 젖 가슴 사이로 끼얹었다. (나는 아무 소리도 내지 않았다.) 그러자 낯선 사람을 직감하고 겁을 먹은 영양처럼 그녀가 내가 숨은 쪽으로 고개를 돌려 덤불 속을 살피기 시작했다. 눈을 마주치지 않으려고 나는 고개를 돌렸다. 그녀는 나를 발견하자마자 한 마디 던지면서 물속으로 뛰어들었다.

"태해!(taehae,[36] 짐승 같아 놀랐잖아!)"

나는 황급히 물속을 들여다보았다. 아무도 없었다. 바닥의 조약돌 사이로 커다란 뱀장어만 유유히 돌아다녔다.

나는 그다지 힘들이지 않고 곧바로 이 섬의 정상을 이루는 아오라이 봉우리 가까이에 도착했다. 무섭고 신성한 봉우리다. 저녁 무렵 봉우리 위로 달이 떠올랐다. 달을 보면서 나는 전설의 장소인 이곳의 신성한 대화를 떠올렸다.

36) '사나운, 무서운 짐승 같은'의 뜻이다.

히나(Hina, 달의 여신)가 테파투(Te Fatu, 땅의 신)에게 말했다.

"죽은 사람을 다시 살려주세요."

땅의 신은 달의 여신에게 답했다.

"아니, 소생시키지 않겠소. 사람도, 초목도 다 죽을 것이오. 그것들이 먹고 사는 땅도 죽을 것이오. 땅도 다시는 못 살아나오."

히나가 다시 말했다.

"나는, 달을 다시 살려낼 겁니다."

그래서 히나의 것은 계속 살아남았다. 테파투의 것은 죽고, 사람도 죽어야 했다.

히나와 테파투

Hina, Te Fatu

뭐! 질투하는 거니?
Aha 'Oe Fe'i'i?

3.

한동안 나는 우울했다. 일이 잘 풀리지 않았고, 여러 가지 것들이 다 부족했다. 무엇보다 기쁨을 잃었다.

티티를 파페에테로 보낸 지 여러 달이 되었다. '바히네'가 끝없이 해대는 수다를 들은 지도 몇 달이 지났다. 똑같은 일, 똑같은 질문에 나도 항상 똑같은 이야기로 대꾸했었다. 그런데 지금의 침묵은 내게 좋은 일이 아니었다.

섬을 둘러보기로 마음먹었다. 딱히 일정을 정하지는 않았다.

여행에 필요한 가벼운 짐을 꾸리고 습작을 정리하자, 이웃에 사는 집주인이자 친구인 아나니(Anani)가 걱정스럽게 나를 바라보았다! 결국 떠날 것이냐고 물었다.

나는 아니라고 답하며 며칠간의 도보여행이니 돌아온다고 했다. 그런데 그는 내 말을 믿지 않고 울기 시작했다.

그의 아내도 그의 곁에서 나를 좋아했다면서, 내가 자기들 틈에서 사는 데에는 돈이 필요 없고, 언제든 내가 원하면 항상 여기서 편히 살 수 있다고 했다. 그녀는 자기 집 옆의 수풀이 덮인 장소를 내게 보여주었다. 갑자기 이곳에 영원히 눌러있고 싶은 욕망이 솟았다. 최소한 아무도 나를 방해하지는 않을 것이다. 아나니의 아내가 또 한 마디 덧붙였다.

"당신네 유럽 사람은 언제나 머물겠다고 약속하고, 사랑을 받으면 결국 떠나요! 돌아온다고 말하지만 절대 안 돌아와요."

"그래요? 난 맹세코 며칠 있다가 돌아올 겁니다. 곧, (거짓말이 아니었다.) 다시 보게 될 겁니다."

마침내 출발했다.

해변에서 멀리, 좁은 오솔길로 접어들어 산속으로 꽤 긴 도랑을 건너서 작은 골짜기에 이르렀다. 그곳 사람들은 옛날 마오히 방식으로 살고 있었다.

태평한 사람들이다. 꿈꾸고 사랑한다. 졸고 노래하며 기도한다. 그들은 실제하는 신상들은 아니었지만, 그들에게

서 마치 히나 여신과 달의 여신을 기리는 축제를 보는 것만
같았다.

물론 서 있는 신상도 있었다. 어깨가 3미터, 키가 12미터
나 되는 바윗덩어리를 깍아 만든 신상이다. 신상의 머리에
붉고 커다란 돌을 모자처럼 얹었다. 사람들은 옛날, 마타
무아(mātāmua)[37]식으로, 춤을 추며 신상의 둘레를 돌았다.
시간에 따라 변하는 낭랑하면서도 우울한 음색의 노래를
불렀다.

나는 계속 길을 걸었다.

섬의 동쪽 끝인 타라바오(Taravao)에서 헌병이 말 한 마
리를 빌려주었다. 말을 타고 나는 동쪽 연안을 따라갔다.
유럽인은 거의 드나들지 않는 곳이다.

37) '처음, 먼저, 예전에'라는 뜻이 있다. 고갱은 '예전에, 옛날'이라는
　　과거 시간의 의미로 사용했다.

마타무아(옛날)

Mātāmua

조금 더 큰 마을인 히티아아(Hitia'a)로 가는 길목의 작은 마을 파아오네(Fa'aone)에서 원주민이 나를 부르는 소리를 들었다.

"여보시오! 사람 그리는 사람!(그는 내가 화가인 것을 알고 있었다.) 여기 와서 식사합시다!(Haere mai tāmā'a)"

타히티 사람의 친절한 예법이었다. 나를 초대하는 그의 미소가 정답고 적극적이어서 더 바랄 것이 없었다.

나는 말에서 내렸다. 나를 초대한 집주인이 말을 나무에 묶었다. 그와 함께 오두막 안으로 들어갔다. 이야기도 하고 담배도 피우면서 남녀 어른과 아이들이 바닥에 앉아 있었다.

"어디 가는 길이에요?"

사십 대로 보이는 아름다운 마오히 여인이 물었다.

"히티아아에 갑니다."

"뭐 하러요?"

나는 아무런 생각도 떠오르지 않았다. 여행의 목적은 아마, 알지도 못하는 상태였고, 나 자신을 위해 숨어있는 비밀 같은 것이었다.

"거기서 여자를 찾으려고 합니다." 내가 말했다.

"히티아아에 예쁜 여자들 많아요. 한 사람 구해보시려고?"

"그래요."

"원한다면 내가 한 사람 구해드리리다. 내 딸 말이오."

"젊어요?"

"네."

"예쁩니까?"

'네.'

"건강하구요?"

"네."

"좋아요. 만나봅시다."

여자가 밖으로 나갔다.

십오 분쯤 뒤에, 사람들이 우루('Uru),[38] 바나나, 새우와 생선을 준비하는 동안, 여자가 작은 보따리를 손에 든 다

---

38) 빵나무의 열매(Breadfruit)

큰 처녀를 데리고 안으로 들어왔다.

너무 투명한 장밋빛 모슬린 드레스를 입어서 팔과 어깨의 황금색 피부가 보였고 가슴에 도드라진 젖꼭지가 드러났다. 그때까지 섬 어디에서나 보았던 여자와는 다른 매혹적인 얼굴로, 살짝 곱슬머리인데 가시덤불처럼 뻗은 머리모양도 특이했다. 태양이 어지럽게 쏟아내는 빛살 같았다. 그녀가 통가 출신이라는 사실은 나중에 알았다.

그녀가 내 곁에 앉았고, 나는 몇 가지 질문을 했다.

"내가 무섭지 않아요?"

"네('Ē)."

"내 집에서 함께 살고 싶어요?"

"네."

"아팠던 적 있어요?"

"아니요('Aita)."

그게 다였다.

그녀가 내 앞에서 땅 바닥에 펼친 커다란 바나나 잎사귀 위에 먹을 것을 태연하게 늘어놓는 동안 내 가슴은 뛰었다. 나는 맛있게 먹었지만 두려웠다. 이 아가씨, 열댓 살쯤

되었을 그녀가 나를 사로잡고 불안하게 했다. 마음속으로는 무슨 생각을 할까? 그녀에게 나는 나이가 너무 많았다. 그래서 급히 내놓은 계약을 맺으면서 나는 망설였다.[39)]

아마도 내 짐작으로는 어머니가 그녀에게 그렇게 하라고 시켰을 것이다. 아니면 둘이서 거래를 하듯 흥정을 벌였든지…… 그런데 이 아가씨는 민족성 그대로 독립심과 자부심도 뚜렷해 보였다.

특히 마음이 놓인 것은 그녀의 당당한 태도, 칭찬할만한

---

39) 타히티에서는 남녀 12세~16세에 결혼했다. 딸의 경우 부모가 신랑을 강제로 정하는 경우는 없고, 남자가 선물을 가지고 와서 청혼하고, 여자가 받아들이면 그날 바로 부부가 되었다. 살다가 서로 즐겁지 않으면 쉽게 헤어졌다. 아이는 출생 시에 부모의 성을 선택해 이름을 짓고, 이혼하면 성에 따라 부모 중 한 사람이 양육했다. 집안의 물건들은 부부간 소유권을 분리했다. 여자가 먼저 손을 댄 것은 남자가 손대지 않았다. (Moerenhout, <Voyages aux îles du Grand océan>, 1837) ; 유럽의 경우 적법한 결혼년령은 교회법에 따라 오랫동안 여자 12세, 남자 14세 이상이었다. 영국은 1929년 결혼법으로 남녀 16세 이상, 프랑스는 나폴레옹 집권 후 여자 15세, 남자 18세 이상으로 법적 결혼년령을 조정했다. 과거 마오히족에게 시간은 현재의 연속이어서 나이를 꼬박꼬박 셈하지 않았다.

젊은이로서 자랑스럽게 행동한다는 차분한 표정이었다. 하지만 곱고 부드럽고 관능적인 그녀의 당돌한 입술은 오히려 나를 겁먹게 했다!

나는 사실 두렵다고 할 수 있는, 게름직한 느낌과 이상하게 초조한 심정으로 오두막을 나섰다.

나는 말에 올랐다. 그녀가 나를 따랐다. 그녀의 어머니, 한 사내, 젊은 두 여인(그녀의 이모들이라고 했다.)가 뒤따랐다.

우리는 파아오네에서 9킬로미터 떨어진 타라바오로 돌아가기로 했다.

1킬로미터쯤 갔을 때 이런 말을 들었다.

"여기서 멈추지요."

나는 말에서 내려와 넓고 깔끔한 오두막으로 들어갔다. 땅에서 거둔 것들이 꽤 많은 부잣집 같았다. 건초 위에는 고운 매트가 깔려 있었다. 세간은 거의 새것이었고 우아한 여자가 살고 있었다. 그 여자 옆에 내 약혼녀가 앉더니 내게 이렇게 소개했다.

"우리 엄마예요."

그리고 조용히, 시원한 물을 잔에 따랐고 가족으로서의
의식을 치르듯 그 물을 마셨다.

그러고 나서, 내 약혼녀가 어머니라고 소개한 여자가 내
게 떨리는 시선으로 눈시울을 적시며 말했다.

"착한 사람이겠지요?"

나는 잠시 생각을 가다듬고 조금 떨리는 목소리로 대답
했다.

"네."

"내 딸을 행복하게 해줄 거지요?"

"네."

"여드레 안에 딸을 돌려보내야 합니다. 내 딸이 행복하
지 않다면, 딸은 당신 곁을 떠날 겁니다."

긴 침묵.

이렇게 우리는 밖으로 나왔다. 나는 말에 올랐고 그녀의
가족들과 함께 다시 길을 떠났다. 가는 길에 우리는 여러
사람을 만났다. 나의 새 처갓집을 아는 사람들인데 내 약
혼녀에게 인사하며 이렇게 말했다.

"아니, 뭐야? 프랑스 남자의 '바히네'가 되었다구? 잘 살
아야지, 행운을 빈다."

언제 결혼하니?

Nãfea Fa'aipoipo

2015년 미술품 경매사상 최고가인

3억 달러(약 3천272억 원)에 판매되었다.

그렇게 말하는 사람의 시선에는 의혹이 담겨 있었다.

궁금한 점이 있었다. 테우라(Tehura,[40] 내 약혼녀를 이렇게 불렀다.)의 어머니가 둘인가? 그래서 나는 처음 그녀를 내게 데려온 어머니에게 물었다.

"왜 거짓말을 했습니까?"

테우라의 어머니가 답했다.

"다른 엄마는 양어머니일세, 테우라를 키웠지."

길을 가는 동안 나는 몽상에 잠겼다. 내가 탄 말은 지쳐서 돌부리에 걸려 뒤뚱대며 걸었다.

타라바오에서 헌병에게 말을 돌려주었다. 헌병의 아내는 짓궂지는 않은 프랑스 여자였다. 하지만 세련된 여자는 아니었다. 그녀가 이렇게 말했다.

"어머나! 어떻게 이런 창녀 같은 여자를 데려가세요?"

프랑스 여자는, 자신의 모욕적인 말을 도도한 표정으로

---

40) 테우라(Teura) 또는 테하아마나(Teha'amana)라고도 한다. 타히티 고갱 그림의 주요 모델이다. 우라('Ura)는 '빨강'이라는 뜻이다.

무시하는 타히티 아가씨의 위아래를 미움이 가득한 눈초
리로 훑었다.

잠시 두 여자는 상징적인 풍경을 보여주었다. 지는 꽃과
피는 꽃, 법과 신앙, 인공과 자연의 대립이었다. 거짓과 악
의의 불순한 바람이 불어오는 장면이었다.

그뿐만 아니라 두 인종의 대립이었다. 나는 우리 쪽이
부끄러웠다. 이곳의 푸른 하늘에 오염된 먹구름을 퍼트리
고 있었다. 나는 먹구름을 외면하고 내가 벌써부터 사랑하
던 눈부신 하늘 쪽으로 눈을 돌렸다. 내가 이미 사랑한 살
아있는 금빛 광채를 바라보며 나는 기뻐할 것이다.

사람이든 동물이든, 무엇이든 다 판매한다는 타라바오
의 중국인 가게에서 가족들과는 작별했다.

내 바히네와 나는 합승마차로 25킬로미터 더 떨어진 마
타이에아로 향했다. 바로 내 오두막이 있는 곳이다.

테우라는 수다스럽지 않았다. 우울한 표정이거나 뾰로
통했다.

우리는 서로 주시했지만 속내를 다 헤아리기는 어려웠

다. 이상한 대결이었다. 나는 금세 지고 말았다.

　나는 심각한 대립을 못 견딘다. 얼마 지나지 않아 테우라에게 나는 모든 것을 맡겼다. 지출이든 나 자신에 대해서는 그녀가 하자는 대로 했다. 폴리네시아[41] 사람과 라틴, 특히 프랑스 사람의 큰 차이를 경험으로 알고 있었기 때문이다. 마오히 사람들은 금세 마음을 열지 않는다. 참고 기다려야 마음을 얻을 수 있다. 처음에는 달아난다. 웃음과 변덕으로 요리조리 빠지면서 끝없이 당황하게 만든다. 여자의 내심이 무엇인지를 살피듯 그 모습을 바라보고 있으면, 그사이 여자는 속으로는 뛸 듯이 좋아하면서도 겉으로는 태연하게 상대를 대한다.

　일주일이 지났다. 그동안 나는, 나 자신조차 몰랐던 '어

---

41) 프랑스령 폴리네시아는 5개의 제도(총 118개의 섬)로 구성되어 있다. 해상 전체 면적은 유럽 대륙 전체 넓이에 버금간다. 소시에테제도에는 보라보라, 타히티 등이 있는데 타히티가 가장 크고, 마르키즈 제도에서는 히바오아가 가장 큰 섬이다. 타히티의 파페에테가 폴리네시아 전체의 행정수도이다.

린애'처럼 되었다. 나는 테우라를 사랑했고 그녀를 향해 미
소를 지었다. 그녀도 알고 있었다! 그녀도 나를 사랑하는
것처럼 대했지만 말하지는 않았다. 어느 날 밤, 불빛이 테
우라의 금빛 살결에 긴 그림자를 만들었다.

우리가 처음 집에 함께 들어온 날로부터 여드레째 되는
날, 테우라는 약속한 대로 어머니를 보러 파아오네로 가게
해달라고 말했다.

나는 슬펐지만 그렇게 하라고 했다. 여비로 몇 푼을 손
수건에 싸주면서 '럼'주 한 병을 아버지께 사다드리라 하고
합승마차로 데려갔다.

내게는 이것이 영원한 이별 같았다. 그녀는 되돌아올까?

내 오두막에 고독이 덮쳤다. 그림을 차분히 그리지도 못
했다.

그러던 며칠 뒤 그녀가 돌아왔다.

마침내 행복한 생활이 시작되었다. 내일을 걱정하지 않
고 서로 믿고 의지하며 사랑을 확인하는 생활이었다.

나는 '내 집에서' 행복하게 다시 작업을 시작했다. 태양

처럼 눈부시게 솟아오르는 행복이었다. 집 안팎과 주변 풍
경을 바라보면서 테우라의 금빛 얼굴은 기쁨에 넘쳤다. 우
리 둘은 얼마나 단순했는지 모른다! 아침에 날씨가 좋으면
함께 가까운 물가로 씻으러 나갔다. 마치 최초의 남자와
최초의 여자가 낙원에서 함께 살던 때처럼.

타이티 파라다이스, 나베 나베 페누아(Nave nave fenua,
기쁨의 땅, 낙원)……

낙원의 이브는 더 순하고 다정해졌다. 나도 그녀의 향기
에 취했다. 노아노아!

그녀는 때맞춰 나의 삶 속으로 들어왔다. 조금 일렀더라
면 그녀를 이해하지 못했을 것이다. 또 조금 늦었다면 너
무 늦은 일이 되었을지도 모른다. 그런데 지금은 그녀를
사랑하는 만큼 이해하며 여태까지 풀지 못했던 수수께끼
를 풀고 있다. 내가 이해할 수 없는 것들은 한동안 기억해
두려고 한다.

테우라가 털어놓은 것들마다 나는 깊은 느낌을 받았다.
그녀가 말한 것들은 나중에 내 감각과 감정으로 자연스럽

기쁨의 땅

Nave Nave Fenua

게 우러났다.

　테우라의 일상생활을 통해 나는 다른 어떤 방법보다 더 충분하게 그들 민족을 배우고 이해했다. 시간과 날이 지나는 것도 잊었고 선과 악의 차이도 의식하지 않았다. 그런 시간을 보내는 동안 행복이 무엇인지도 잊었고 모든 것이 아름답다보니 모든 것이 좋았다!

　내가 일할 때나 몽상에 잠겼을 때, 테우라는 조금도 나를 방해하지 않았다. 본능적으로 참았다. 테우라는 언제 방해하지 않고 이야기를 꺼내야하는 지를 잘 알고 있었다. 그럴 때면 우리는 유럽과 하느님과 신들에 대해 이야기했다. 우리는 서로 가르쳐주었다.

　어느 날 나는 파페에테로 일을 보러 가야했다. 저녁에 돌아오겠다고 했는데, 마차가 중간에 내려주고 돌아가는 바람에 걸어서 새벽에야 집에 도착했다.

　때마침 집에는 불을 밝힐 기름이 거의 없었다. 내가 문을 열었을 때 램프가 꺼져있어 방안은 완전히 깜깜했다. 불쑥 불안하고 미덥지 못한 기분이 들었다. 틀림없이 새가 날아갔다. 나는 급히 성냥에 불을 붙였다.

침대에 벌거벗은 채 꼼짝 않고 엎드려있는 테우라가 보였다. 깜짝 놀란 표정이었다. 테우라는 나를 쳐다보면서도 누구인지 알아보지 못한 표정이었다. 나도 잠시 어쩔 줄 모르고 서있었다. 두려움에 사로잡힌 테우라의 눈은 불빛처럼 빛났다. 그렇게 아름다울 수가 없었다. 감동할 만큼.

어두컴컴한 곳에서는 위험한 모습들이 얼씬대기 마련이다. 어린 테우라가 어둠 속의 내 모습을 보고 몹시 겁에 질렸던 것 같다. 그때 내가 어떻게 보였을까? 그녀를 걱정하던 내 얼굴이 테우라에게는 밤새 떠나지 않는다는 투파파우 혼령이나 악령처럼 보였을까? 그녀는 무엇을 보았을까?

미신에 심신을 사로잡힌 테우라의 강렬한 감정 때문에 그녀는 너무나 이상했고 내가 그때까지 알던 사람과는 너무 달라보였다.

얼마 있다가 정신을 차렸는지 테우라는 나를 보면서 마음을 가라앉히는듯하더니 이내 떨리는 목소리로 울먹이며 말했다.

"불빛도 없이 나를 혼자 내버려두지 말아요."

그러더니 두려움이 가시자마자 곧 시샘을 했다.

"시내에서 뭐 했어요? 여자들 만나서 장터에서 술 마시고 춤추고 그랬어요? 해군들, 장교들 아무에게나 주는 여자들과……"

나는 그녀와 다투지 않았다. 그 밤은 달콤하고 뜨거운 열대의 밤이었다.

테우라는 똑똑하기도 하고 사랑스럽기도 했지만, 엉뚱하고 변덕스럽기도 했다. 완전히 다른 두 존재가 당황할 만큼 즉흥적으로 이어졌다. 변함없으면서도 이중적이었다. 오랜 종족의 자손이다.

어느 날 '영원한 장사꾼' 유대인이 땅에서처럼 바다에서도 거품을 일으켰다. 그가 금도금한 구리 장신구 상자를 들고 동네로 들어와 물건을 늘어놓았다. 사람들이 둘러쌌다. 귀고리 한 쌍이 이손저손을 탔다. 모두 눈이 휘둥그레졌고 여자들은 누구나 탐을 냈다.

테우라가 눈썹을 찡긋거리며 나를 쳐다보았다. 그녀도 귀고리를 원한다는 눈빛이었다. 나는 모르는 척 했다.

유령에 사로잡히다(죽은 자의 혼이 지켜본다)

Manao Tūpāpaʼu

그녀는 한쪽 구석으로 나를 끌고 갔다.

"나, 저거 갖고 싶어."

나는, 이런 시시한 것은 프랑스에서는 2프랑도 안하는 구리 조각이라고 했다.

"그래도 괜찮아(noa'tu), 갖고 싶어."

"아니, 이 따위 쓰레기 같은 것이 20프랑이라니 미쳤어! 안 돼."

"갖고 싶어!"

눈물이 가득한 눈으로 흥분해서 말했다.

"뭐라고요! 다른 여자가 귀고리 한 걸 보고도 창피한 줄 몰라요? 누구는 자기 바히네에게 선물 사주려고 말까지 팔았대요!"

이런 어리석은 짓에 양보할 수는 없었다. 이번에는 강하게 거절했다. 테우라는 여전히 나를 바라보며 낙담한 표정이었다. 말없이 울기만 했다. 나는 물러났다가 되돌아가 유대인에게 20프랑을 주었다. 그렇게 날이 개었다.

이틀 뒤, 일요일이었다. 테우라가 대단한 치장을 했다. 비누로 머리를 감고 햇볕에 말리더니 향유를 발랐다. 드레스를 입고, 손수건을 들고 귀에는 꽃을 꽂았다. 맨발로, 성당에 가려고. 그곳에서 따라 부를 찬송가를 흥얼댔다.

"그런데 귀고리 어디 갔어?"

테우라는 시큰둥했다.

"구리 조각인데 뭘! 금이 아니잖아('Aita Pirū)"

깔깔대면서 오두막을 뛰어나가더니, 금세 진지한 얼굴이 되어 성당으로 향했다.

낮잠 시간에 우리는 홀가분하게 옷을 다 벗고 어느 때나 다름없이 눈을 붙였다. 나란히 누워 꿈을 꾸었다. 테우라는 아마 꿈속에서 또 다른 귀고리를 보았겠지. 나는 만사 다 잊고 마냥 잠들고 싶었다.

왜 화가 났니?

No Te Aha 'Oe Riri

＊

아주 성대한 결혼식이 마타이에아에서 열렸다. 개종한 타히티 사람들에게 선교사들이 애써 강제하는 합법 결혼식이다.

나는 초대를 받아 테우라와 함께 참석했다.

결혼식이 끝나고 피로연이 열렸다. 풍습대로 화려하고, 정성껏 차린 음식이 나왔다. 뜨거운 돌맹이들에 익힌[42] 작은 돼지[43] 통구이, 어마어마하게 많은 생선, 바나나, 토란 등. 임시로 지붕을 올리고 화초로 멋지게 장식한 곳에 놓인 식탁에 많은 손님들이 앉았다.

신혼부부의 모든 친척과 친구가 자리를 함께 했다. 거의 백인에 가까운 새색시는 그 지역의 교사였고 신랑은 진짜

---

42) 장작불에 돌맹이들을 올려 놓고 달군다. 불꽃이 잦아지면 뜨거운 돌 더미 위에 돼지나 빵나무열매 등을 올린다. 바나나 잎들로 단단히 덮고 다시 모래를 덮어 안의 열기로 몇 시간쯤 익힌다.
43) 타히티 토종 돼지는 크기가 작다.

마오히족 청년으로 푸나아우이아(Puna'auia) 족장의 아들
이었다. 새색시는 파페에테 기독교학교 출신으로 개신교
구장이 앞장서서 그녀의 결혼을 서둘렀다. 이곳에서 선교
사들의 뜻은 곧 하느님의 뜻이다.

먹고 마시다가 한 시간쯤 뒤부터 축사 같은 연설을 시작
했다. 여러 사람이 순서대로 흥미로운 웅변대회처럼 즉석
연설을 했다.

이어서 중요한 문제를 의논하는 차례가 되었다. 양가의
어느 쪽 이름을 새색시에게 붙여주어야 하나? 고대로부터
내려온 민족풍습인데, 매우 탐내는 특권이다. 이런 명예를
차지하려고 서로 주장하다가 전쟁까지 벌인다. 다행히 그
날은 모든 것이 순탄했다. 점잖고 즐거운 연회였다. 모두
들 어지간히 취하도록 마셨다.

가엾게도 내 '바히네'를 이웃 여자들이 불러냈다. (나는
말리지 않았다.) 테우라는 술에 너무 취해 쓰러졌다. 집까
지 데려가느라고 힘들었다! 무거웠지만 즐겁기도 했다.

식탁 한가운데에 족장 부인이 우아하게 자리를 잡았다.
오렌지색 벨벳 드레스 차림인데 기이하게 부풀린 모양이

었다. 그래도 드레스 덕분에 부인은 연회의 여주인공 같아 보였다. 어쨌든 족장의 타고난 혈통과 의례 덕분에 그 화려한 치장은 거창해보였다. 음식 냄새와 꽃향기기 넘치는 타히티 축제에서 부인은 가장 강렬한 향기였던 것 같다. '노아노아!'를 한마디로 함축했다.

그 부인 근처에 백 살이 넘은 할머니가 무서운 모습으로 앉아 있었다. 식인풍습을 지녔던 치아가 말짱해서 더욱 을씨년스러워보였다. 할머니는 옆에서 무엇을 하든 무심했다. 꼼작도 않고 뻣뻣하게 거의 미라처럼 앉아 있었다. 희미한 얼룩으로 할머니의 뺨에 남아있는, 라틴 문자로 보이는 문신이 내게 무엇인가를 전했다.

그전에도 나는 문신을 많이 보았다.[44] 하지만 이 할머니의 얼굴에 새겨진 것 같은 문신은 처음이었다. 분명 유럽 문자였다.

---

44) 문신은 여러 문명에서 나타났다. 현재 일반화된 타투(Tatoo)라는 용어는 타히티(마오히)어 타타우(Tātau)에서 나온 말이다. 기독교가 들어와 금지했지만 이후 부활했다.

사람들 이야기로는, 과거 선교사들이 음란함을 다스린다며 몇몇 여자들에게 지옥에 떨어진다는 수치스런 표시를 새겼다고 한다. 죄를 저질러서가 아니라 비웃음과 욕설로 망신을 주려는 것이었다. 마오히 사람들이 유럽 사람들을 얼마나 싫어하는지 알만하다.[45] 요즘도 여전하지만 폴리네시아 사람들이 대체로 너그러워서 많이 수그러든 편이다. 한동안 사제들이 이 할머니들에게 표식을 남기고 젊은 여자들을 결혼시켰다! 문신은 아직도 볼 수 있다. 예속되어 고통 받는 민족의 수치스런 표식으로……

다섯 달 뒤, 새색시가 아기를 낳았다. 분개한 부모들은

---

45) 1797년 영국 개신교 '런던선교회'의 선교사 30명과 가족들이 타히티에 들어왔다. 최초의 유럽 정착인이었다. 이들 중 정식 목사는 4명이고 상인, 벽돌공, 목수 등의 기술자가 대다수였다. 영국과 선교회가 영향력을 행사하면서 포마레 왕을 통해 기독교로 개종시키고 전통 풍습을 금지했다. 영국 선교회는 왕을 앞세워 프랑스 가톨릭 예수성심회도 강제 추방했다. 추방을 문제 삼아 프랑스 해군이 들어왔다. 프랑스가 보호령으로 타히티를 장악했고 1880년 타히티는 프랑스 영토가 되었다. 프랑스 가톨릭에서도 원주민을 노동에 동원하고 독재했다는 논란이 있었다.

이혼을 요구했다. 신랑은 동의하지 않았다.

"우리 서로 사랑하는데 뭐가 문제지요? 다른 사람의 아이를 입양하는 것도 우리의 풍습이잖아요? 우리 아이로 받아들이면 되지요."

그러나 아주 모호한 이야기가 도사리고 있다. 교구장 사제는 훌륭한 갈리아 수탉으로서 평판이 자자한데, 왜 법적인 결혼식을 서둘렀을까? 욕을 퍼붓고 싶었다. 어떻게 욕이 나오지 않을 수 있는가? 수태고지의 천사만이 그 수수께끼에 무슨 말을 해야 할지 알고 있겠지만……

어디 가니?

Ea Haere Ia Oe('E Haere 'Oe 'Hea?)

4

저녁에 침대에서 우리는 가끔 진지한 이야기를 나누었다. 나는 어린 테우라에게서 먼 옛날의 자취를 찾아보려고 했다. 사회적으로는 사라져서 내 모든 의문에 답을 들을 수는 없었다. 아마도, 유럽 정복자의 문명에 끌리거나 노예가 된 남자들은 잊어버렸을 것이다. 하지만 옛날의 신들은 여자들의 기억 속에서 살아남았다. 테우라는 특이하고 감동적인 장면을 보여주었다. 테우라에게서 그 민족의 신들이 깨어나, 선교사들이 덮어버렸다고 믿고 있는 장막 속에서 꿈틀거렸다.

말하자면, 선교사들은 껍질만 건드렸다. 교리 교육이라는 것은 피상적일 뿐이다. 그들의 설교는 얇은 니스칠 같아서 조금만 직접 건드려도 금세 벗겨진다.

테우라는 정기적으로 성당에 가서 입과 손으로는 신앙

생활을 한다. 그러나 테우라는 마오히의 고대 신들을 기억하고 있다. 신들을 어떻게 숭배했는지 그 창세기부터 역사를 알고 있다. 테우라는 엄격한 기독교 도덕은 잘 모르거나 아니면 무심했다. 타네(tāne)라고 부르는 남편과의 결혼생활 말고는 회개해야 할 어떤 것도 없거나 무심했다.

테우라가 어떻게 타아로아(Ta'aroa)[46]와 예수를 동시에 믿는지 알 수 없는 노릇이다. 그 둘 모두를 숭배한다고 생각한다.

테우라는 우연히 타히티 신학강의 같은 것을 했고, 나는 유럽 사람이 아는 대로 자연현상을 설명해주었다.

테우라는 별에 관심이 많다. 새벽별과 저녁별을 프랑스어로는 뭐라고 하는지 물었다. 지구가 태양 주위를 돈다는 것은 이해하지 못했다.

테우라는 자기네가 부르는 식으로 별들의 이름을 내게

---

46) 폴리네시아 신화 최고의 신, 창조주.

가르쳐주었다. 그 이름으로 신들을 분명히 알 수 있었다. 마오히족의 하늘과 땅을 지배하는 신성하고 모호한 형태였다.

타히티 사람들은 태고부터 천문에 대해 꽤 폭넓게 알고 있었던 모양이다. 과거 이 섬을 지배했던 비밀스런 종교조직 아리오이('Arioi)[47]의 정기축제는 천체가 펼치는 모습에 바탕을 두고 있다. 마오히족은 달빛의 성격도 모르지 않을 것이다. 그들은 달이 지구처럼 거의 둥글다고 생각했다. 사람도 살고 우리들처럼 많은 일을 한다고 짐작했다. 또 지구와 달의 거리도 나름대로 계산했다.

오라(Ōrā)[48] 나무의 씨는 흰 비둘기가 달에서 지구로 가

47) 아리오이는 종교 조직으로 '오로' 신을 숭배했다. 문신을 했고, 춤과 노래 등의 공연으로 밤의 축제를 벌였다. 최상위 계급은 제사장 지위였고 대다수는 직접 공연을 했다. 문신, 노래, 춤 등 아리오이 의식을 기독교가 들어오면서 모두 왕명으로 금지했다. 타히티 전통 춤(Ori Tahiti)은 때로는 알몸으로 엉덩이를 심하게 흔들기 때문에 음란하다고 금지했지만 현재는 새롭게 복원되었다.
48) 반얀(Banyan) 나무, 나무껍질을 찧어서 얻은 섬유로 옷감을 만들었기 때문에 반얀 옷감을 가리키기도 한다.

져왔다. 비둘기가 달까지 가는 데 2개월이 걸렸고 다시 2개월 지나 지구로 돌아왔는데 깃털이 없었다. 마오히족은 이 새가 가장 빠른 새라고 알고 있다.

타히티 사람들이 부르는 별들의 이름이 있다. 테우라가 가르쳐준 것, 테라우의 이야기를 타히티에 정착한 구필(Goupil) 씨가 빌려준 과거 영사, 뫼랑후[49]의 책에서 확인했다. 단순한 상상으로 붙였다기보다는 천문의 합리적인 기초를 따랐을 것이다.

태초에 위대한 루아(Rua)[50]가 '알 수 없는 땅'이라는 아내와 동침했다. 그들 사이에서 '태양'이 태어났다. 그런데

---

49) Jacques-Antoine Moerenhout. 타히티 인근 섬들을 탐사해 진주, 코코넛 오일 등의 무역업을 했다. 프랑스 보호령 조인을 주도해 타히티를 프랑스 영토로 만드는 데 결정적인 역할을 하면서 식민지 원주민 담당관, 타히티 영사를 지냈다. 타히티의 풍속과 신화를 기록한 《대양 섬으로의 여행》(1837)을 출간했다.
50) 루아는 창조주 타아로라(Ta'aroa)와 동일시되는 성장의 원천으로 천문신화에서 별자리들의 궤적을 보여준다.

아내는 다른 신의 자식인 '황혼'과 '어둠'도 낳았다. 그러자 루아는 아내를 질책했다.

루아는 '대화합'이라는 이름의 여자와 동침했다. 그녀는 하늘의 여왕, 별들, 저녁 별 파이티(Faiti)도 낳았다.

단 하나뿐인 왕인 찬란한 하늘의 왕은, 파누이(Fanoui)와 동침해서 샛별 '타우루아(Ta'urua, 금성)'를 낳았다.[51]

타우루아 왕자는 다른 별들과 달과 해에 밤낮의 법칙을 주고 뱃사람들의 길을 잡아주었다. 왕자는 북쪽을 향해 왼쪽으로 날아가 또 거기에서 아내와 동침해서 '붉은 별'을 낳았다. 저녁에 반짝이는데 두 개의 얼굴을 가졌다.[52] 붉은 별은 서쪽으로 날아가 카누(배)를 만들어 타고 하늘로 올

---

51) 금성(Venus)은 두 개의 이름(샛별, 저녁 별)이 있다. 서로 다른 것이라고 생각했던 것이 아니라 이름만 다르게 불렀다. 샛별은 타우루아 호로 포이포이(Ta'urua horo po'ipo'i)이다. 타히티 별에 타우루아가 붙은 이름이 많다. 태양 외에 가장 밝은 별 시리우스와 두번째로 밝은 별 카노푸스(Canopus), 목성도 타우루아 계열이다.

52) '붉은 별'은 남반구 물뱀자리(Hydra)의 알파드(Alphard)이다. 붉게 빛나는 '물뱀자리 알파'와 '물뱀자리 감마' 별이 있다. 타히티어로는 아나 헤우헤우포(Anā heuheupō 또는 Ta'urua feufeu)이다.

라갔다. 해가 뜰 때 항해한다.

레후아(Rehua, 전갈자리)는 넓은 곳으로 나아갔다. 레후아는 아내 우라타네이파(Ura Taneipa)와 동침해 플레이아데스 성단(황소자리) 맞은편에 왕자 쌍둥이별을 낳았다. 유럽 사람들이 말하는 쌍둥이별(카스토르, 폴룩스)[53]과 같다. 그 이야기가 재미있다.

쌍둥이는 보라보라(Bora Bora) 섬에 살았다. 그런데 부모가 헤어진다는 말을 듣고 형제는 집을 떠나 라이아테아(Raiatea), 후아히네(Huahine), 에이메오(Eimeo, 모오레아 섬의 옛이름) 섬들을 거쳐 타히티로 갔다.

쌍둥이 어머니는 걱정하면서 자식들을 찾아다녔다. 그러나 어머니가 찾아간 섬마다 항상 자식들이 떠난 뒤에 한발 늦게 도착했다. 그런데 타히티에서만 어머니는 자식들이 떠나기 전에 먼저 도착했다. 어머니는 수소문 끝에 산속

---

53) 타히티에서 전갈자리의 쌍둥이별은 레후아(Rehua, 폴룩스), 피피리(Pīpiri, 카스토르)라고 부른다.

에 숨어 있던 쌍둥이를 찾아냈다. 아오라이 화산[54]이 불을
뿜기 직전이었다. 그렇게 어머니 덕에 살아난 쌍둥이는 하
늘로 올라가 별자리 사이에 정착했다.

화성[55]은 '궁수자리(센타우루스)'에서 두 개의 얼굴로 빛
난다.[56] 옛사람들은 이런 식으로 표현했다.

테우라는 아투아히(Atouahi)[57]라는 별 이야기도 했는데,

54) 타히티는 화산섬이다.
55) 화성은 '마우누 우라(Maunu'Ura, 또는 Feti'a)'이다. 뫼랑후는
'Naunou oura'로 표기했고 고갱은 L'étoile Rouge(붉은 별)이라고
썼는데 천문학으로는 '화성'이다.
56) 센타우루스(Centaurus)는 지구에서 네 번째 밝은 별로 센타우루
스 알파 A, 알파 B, 두 개의 별이 있다. 타히티어로는 '나 마타루아
(Nā matarua)'이다.
57) '남쪽물고기자리'의 밝은 별, 포말하우트(Fomalhaut)이다. 남쪽
하늘 지평선 가까이에서 오렌지색으로 빛난다. 타히티어로는 '아
투타히(Atutahi)'로 큰개자리는 아니다. 뫼랑후가 'Atouahi'라고 표
기하면서 큰개자리라고 잘못 말한 오류를 고갱이 그대로 가져왔
다. 아투타히(포말하우트)와 시리우스(큰개자리)는 서로 다른 문
장으로 나누어야 한다. 그동안 누구도 이것을 따져보지 않았다.

양떼구름 사이로 나타나는 별로, 유럽에서 양을 지키는 개
(큰개자리)라고 부르는 별[58]이다. [59]

테우라는 이 고장에서 흔히 보이는 유성들이 '투파파우'
라고 말한다. 그러나 그 유성들이 불행하게 추방당한 신
들이며, 고향 삼아 살 곳을 찾아 거대한 골짜기를 우울하
게 건너는 중이라고는 생각하지 못할 것이다.

58) 큰개자리의 시리우스(Sirius)이다. 타히티 하늘 바로 위에 있는 별
(천정별)이며 태양 다음으로 가장 밝은 별이기 때문에 뱃길에 중요
하다. 타히티어로는 '아베이아(Avei'a, 방향 안내자)'가 된다. 시리
우스는 타우루아 파우파파(Ta'urua faupapa)라는 이름이다.

59) 타히티의 천정별 시리우스, 마르키즈 제도 누쿠히바(Nuku-Hiva)의
천정별 알파드(Ta'urua feufeu/Alphard), 하와이의 천정별 아크투
르스(Ana-tahu'a-ta'ata-metua-te-tupu-mavae/Arcturus, 북쪽 하
늘에서 가장 밝은 별) 등을 이용해 원주민들은 뱃길을 찾았다. 별
들은 남반구 하늘의 동쪽에서 서쪽으로 이동한다. 타히티를 거쳐
뉴질랜드와 호주에 닿았던 영국의 제임스 쿡 선장도 두 차례 모두
타히티인들의 도움으로 항해했다.

＊

늘 그렇듯 하느님께서나 아실 테지만 어느 화창한 날 아침 우리는 친구를 만나러 외출했다. 친구네 오두막은 우리 집에서 10여 킬로미터쯤 떨어진 거리에 있었다.

여섯 시에 떠난 우리는 시원한 공기를 마시며 여덟 시 반에 도착했다. 깜짝 놀랄 방문이어서 반갑게 포옹을 나누었고, 잔치를 벌이려고 작은 돼지를 잡았다. 암탉 두 마리와 그날 아침에 잡은 문어, 타로(taro, 토란)와 바나나도 곁들였다. 식사는 푸짐했고 맛있었다.

나는 오전에 마라아(Mara'a)[60] 동굴에 가보자고 제안했다. 여러 번 지나치기만 했던 곳이었다.

테우라와 나, 젊은 여자 셋, 젊은 남자 하나. 우리는 모두 즐겁게 짧은 산책길에 올랐다. 동굴은 가까웠다.

---

60) 타히티 남서쪽, 패아(Paea) 근처 해안의 마라아 동굴(Grotte de Maraa)이다. 마라아는 '들어 올리다'라는 뜻으로 신에게 바칠 물고기를 먹은 타히티 어부의 전설이 있다.

동굴은 구아버(Guava, 열대 과일) 나무들로 완전히 뒤덮여서 길가에서는 눈에 띄지 않았다. 마치 우연히 튀어나온 바위 같아보였다. 나뭇가지들을 헤치자 1미터 높이의 어두운 입구가 드러났다. 밖에서는 눈이 부셨기 때문에 아무것도 보이지 않았다. 동굴은 커튼이 없는 작은 무대처럼 움푹했다. 천장은 붉고, 거의 100미터 깊이에 달했다. 양쪽의 벽은 거대한 뱀처럼 구비치는 듯했다.

안쪽 깊숙한 호수로 천천히 물을 마시러 기어드는 듯이 바위틈에서 나무 뿌리들이 빛을 발했다.

내가 물놀이를 제안했지만 물이 너무 차갑다며 잠시 수군대다가 웃어서 난처했다. 그러다가 마침내 여자들이 옷을 벗기 시작했다. 허리에 '파레오'만 두르고 우리는 모두 물로 뛰어들었다. 모두 차가워(to'eto'e)라고 말했다. 사방에서 물보라가 튀면서 '토에토에' 소리가 터져 나왔다.

나는 깊은 곳을 가리키며 테우라에게 같이 들어가 보자고 했다.

"미쳤어요? 거기, 그 깊은 데를, 뱀장어들이 있을 걸! 우리는 거기 안 들어가요."

바닷가
Fātata Te Miti

그러면서 그녀는 우아하게 둥실대며 물장구를 쳤다. 수영 솜씨를 자랑하는 어린 아이 같았다.

수영에 자신 있던 나는 혼자서라도 갈 작정으로 깊이 들어갔다. 그런데 내가 아무리 헤엄쳐 들어가도 이상하게 동굴의 깊은 안쪽은 계속 멀어지기만 했다. 나는 더 앞으로 나아갔고 내 양 옆에서 큰 뱀들이 비웃으며 지켜보는 듯했다. 나는 일순간 거대한 거북이가 떠오르는 것을 보았던 것 같다. 거북이 나를 노리며 물속에서 떠오른 것 같았다.

무슨 헛소리! 바다거북은 민물에는 살지 않는데. 내가 정신이 나갔든가, 아니면 마오히 사람이라도 된 모양이었다. 아무튼, 눈앞의 물결은 뭘까? 뱀장어들이다![61]

두려움에서 벗어나야 하겠기에 밑바닥을 알아보려고 곧바로 잠수했다. 바닥에 닿을 수는 없었다. 다시 올라왔다. 힘차게 튀어 오르려면 바닥을 짚어야 하는 데 그러지도 못했다. 테우라가 외쳤다.

---

61) 타히티에는 뱀장어가 흔하다. 먹이를 주며 돌보기도 한다. 특히 타히티에는 뱀도 없고 심각한 독성을 가진 곤충도 거의 없다.

"돌아와요!"

몸을 돌렸지만 그녀는 너무 멀리 보였다. 이상하게도 거리가 왜 그렇게 끝없이 멀게 보일까? 테우라는 환한 빛에 둘러싸인 작은 점으로 보였다.

빌어먹을…… 나는 반 시간가량 속상해하면서 헤엄쳤다. 결국 한 시간 후에야 동굴 끝에 닿았다. 평범한 반석이었고 큰 구멍이 뚫려 있었다. 어느 쪽일까? 알 수 없었다. 아무튼, 겁이 났다.

내가 돌아올 때까지…… 테우라는 혼자 기다리고 있었다. 무심한 친구들은 먼저 가버렸다.

기도하는 테우라와 다시 만났다. 포근한 공기와 함께 테우라를 얼싸안고 몸을 비비면서 나는 체온을 되찾고 살아났다.

테우라가 놀리는 듯한 미소를 지으며 물었다.

"무섭지 않았어요?"

나는 뻔뻔스럽게 대답했다.

"무서울 게 뭐야. 우리 프랑스인은 절대 겁먹지 않아."

테우라는 그런 말 대신 그녀에게 꽃을 꺾어줘야 마땅하

다는 표정이었다. 나는 근처에서 향긋한 티아레꽃을 꺾어 머리에 꽂아주었다.

길은 아름답고 바다는 훌륭하다. 맞은편 모오레아섬은 도도하고 웅장하다. 살기에 얼마나 좋은가. 배고프면 집에 가서 돼지고기를 먹을 테니.

흑돼지

Les pourceaux noirs

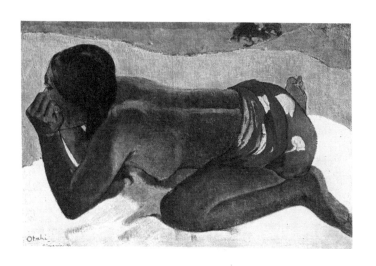

혼자
'Ōtahi

5

벌써 보름째 파리 떼들이 기승을 부린다. 전에는 드물었는데 지금은 넘쳐나서 견디기 힘들 정도이다.

그런데 마오히 사람들은 좋아한다. 가다랑어와 참치 떼가 앞바다로 올라오고 있다. 파리 떼들이 어획기를 알렸다. 타히티 사람들이 바쁘게 일하는 한 철이다.[62]

모두가 어망의 줄을 점검한다. 여자들과 아이들 모두 어망을 당긴다. 육지와 암초 사이의 바다에서,[63] 산호초 위에

---

62) 계절풍과 해류에 따른 먼 바다 낚시 성수기(6~8월).
63) 타히티 인근의 섬들은, 육지에서 조금 떨어져 있는 암초나 산호초가 낮은 방벽처럼 섬 외곽을 둘러싸고 있다. 안쪽(육지 쪽) 바다는 호수처럼 잔잔하다. 바깥쪽 바다는 파도가 높다.

서, 길게 해안을 따라 코코넛 잎으로 엮은 기다란 그물을 당긴다. 그런 어망으로 참치가 좋아하는 작은 물고기들을 잡는다.

3주가량 걸리는 준비를 마치면 커다란 카누(배)[64] 두 척을 바다로 함께 내보낸다. 뱃머리에는 긴 장대를 꽂고, 꼬리 쪽에 밧줄 두 개로 묶어 고정하면 쉽게 다룰 수 있다. 장대는 갈고리에 미끼를 끼워 낚싯대로 이용한다. 물고기가 미끼를 물면, 바로 물위로 들어 올려 배 안에 가둔다.

우리는 암초 경계를 넘어 먼 바다로 위험을 무릅쓰고 나아갔다. 나는 거북을 또 보았다. 거북이 물위로 머리를 내밀고 우리를 지켜보았다.

어부들은 모두 신이 나서 힘차게 노를 저었다.

우리는 아주 깊은 바다까지 나아갔다. '참치 구덩이'[65]라는 곳이다. '마라아' 동굴 근처였다. 참치들이 밤마다 상어

---

64) 카누는 타히티어로 바아(Va'a). 고대부터 해양민족으로 이중 카누, 큰 돛배까지 다양한 크기의 카누가 있다.
65) 아포오 아아히('Āpo'o 'Ā'ahit)라고 부르는 참치 어장.

를 피해 자러 들어가는 곳이다.

물새들이 구름처럼 그 위를 돌면서 참치들의 움직임을 살폈다. 그러다가 참치가 물 위로 올라오면 새들은 쏜살같이 내려가 살점을 뜯어 물고 다시 날아올랐다.

우리 배 바로 옆 가까운 사방의 허공과 바다에서 벌어지는 이런 참극을 모두들 조용히 끝까지 지켜보았다.

그런데 왜 '참치 구덩이'라는 깊은 물속으로 긴 낚시줄을 내리지 않는지 궁금했다. 대답은 '해신이 사는 신성한 곳'이기 때문이었다. 전설을 듣게 되겠구나 싶었다. 사실 그랬다. 어부들이 전설을 들려주었다.

타히티의 해신 '루아하투(Ruāhatu)'는 바로 우리가 있던 그 바다 밑 깊은 곳에서 잠을 자고 있었다고 한다.

어떤 경솔한 어부가 던진 낚싯바늘에 해신의 머리카락이 걸렸다. 갑자기 단잠을 설쳐서 화가 난 해신은 건방진 훼방꾼이 누구인지 알아보려고 물 위로 올라왔다. 해신은 훼방꾼이 인간이라는 것을 알고 즉시 모든 인간에게 죄를 물어 없애버리겠다고 작심했다.

그런데 이상하게도 죄를 지은 그 어부만 처벌하지 않았

다. 해신은 그 어부에게 가족을 데리고 '토아 마라마(Toa Marama)'[66]로 올라가라고 했다. 토아 마라마를 산이라고 하는 사람도 있고, 섬이라고 하는 사람도 있었다. 카누(배), 마치 '노아의 방주' 같은 것이라고도 했다.

해신이 정해준 곳으로 어부의 가족이 갔을 때, 바닷물이 높아지며 해일이 몰려왔다. 물은 차츰 산꼭대기까지 차올라 모든 생명을 집어삼켰다. 살아남은 그 어부의 가족만 섬들에 자손을 퍼트렸다.

우리는 '참치 구덩이'를 지났다. 선장이 지명한 어부가 바다에 장대를 찔러넣으며 낚시 갈고기를 던졌다.

수십 분을 기다렸는데도 잡히는 참치가 없었다.

노 젓던 사람 하나가 나섰다. 이번에는 참치가 장대 끝에 물렸다. 건장한 팔뚝의 두 사람이 밧줄을 뒤에서 당기

---

66) '달빛 전사'라는 뜻. 타히티 어부들은, 가다랑어는 초승달이 뜰 때 잘 잡힌다 등 총 30가지로 달과 물고기와 낚시에 관계를 나누어 생각했다. 조금, 사리 등 물때와 어류의 활성은 낚시에 중요하다.

며 낚시대를 들어 올리자 참치가 물 위로 모습을 드러냈다. 그런데 커다란 상어가 참치를 덮쳤다. 무섭게 이빨을 놀리더니 참치 대가리만 남겼다.

내 차례가 되었다. 선장이 내게 신호를 보냈다. 나는 낚시를 던졌다. 조금 뒤 우리는 커다란 참치 한 마리를 낚았다. 옆에 있던 사람들이 수군대며 웃고 난리였다. 그들이 그러는 이유를 알지 못했지만 대수롭지 않게 넘겼다. 몽둥이로 대가리를 내려치자 참치는 부들부들 떨면서 배 안에서 요동쳤다. 참치의 몸통은 천개의 불꽃을 반사하는 거울처럼 빛났다.

두 번째 차례에도 나는 참치를 또 낚아 흐뭇했다. 확실히 프랑스 사람은 운이 좋다! 동료들이 환호했고 나더러 대단한 사람이라고 떠들었다. 나는 우쭐해졌지만 침묵했다. 어쨌든 그렇게 칭찬하면서도 내가 처음 낚았을 때와 똑같이 이상하게도 다를 수군대며 웃었다.

고기잡이는 저녁까지 이어졌다. 미끼로 쓰는 작은 물고기들이 바닥났을 때, 해는 수평선을 붉게 물들이고 있었다. 커다란 참치 10마리로 만선이었다.

돌아갈 준비를 했다. 정리하는 동안 나는 소년에게 내가 참치를 잡았을 때 사람들이 왜 수군대며 웃었는지 물었다. 소년은 대답하려 들지 않았다. 나는 채근했고, 결국 소년은 털어놓았다. 만약 물고기 주둥이의 아래쪽에 갈고리가 걸리면(내 경우가 바로 그랬다.) 아내가 남편 없는 사이에 서방질을 한다는 뜻이라고 했다. 나는 터무니가 없어서 웃고 말았다. 우리는 그렇게 돌아왔다.

열대에서 밤은 금세 찾아온다. 서둘러 돌아가야 했다. 건장한 11명의 뱃사람이 응원가를 부르듯 구령에 맞춰 노를 저었다. 반짝이는 물결이 우리 배 뒤쪽에서 이랑처럼 갈라졌다. 미친 듯이 달리자 멀미를 냈다. 대양의 무시무시한 임자들이 우리를 뒤쫓는 것 같았다. 낯선 물고기 떼가 우리 옆에서 뛰어올랐다.

우리는 두 시간 만에 암초 앞에 도착했다. 파도가 사납게 밀려들었고 암초 둑 때문에 배가 지나기는 쉽지 않았다.

하지만 원주민은 능란했다. 나는 그들이 완벽하게 배를 모는 솜씨를 걱정 반 재미 반으로 지켜보았다.

우리 앞에 나타난 섬은 코코넛의 마른 가지를 태우는 거대한 불꽃으로 환했다. 감탄할 만한 광경이었다. 모래밭에서, 불빛이 있는 바닷가 한편에서, 어부 가족들이 우리를 기다렸다. 가만히 앉아 있거나 해변을 따라 아이들과 함께 큰 소리를 지르며 달리기도 했다.

배는 힘차게 모래밭에 올랐다.

그리고 어획물을 분배하기 시작했다. 잡은 물고기들을 모래밭에 늘어놓고, 선장이 고르게 나눠주었다. 고기잡이에 나섰던 모두에게 고루 돌아갔다. 서른일곱 덩어리로 나누었다.

테우라는 서둘러 도끼를 손에 쥐고 장작을 패고 불을 지폈다. 나는 목욕을 하고 시원한 밤공기에 어울리는 옷으로 갈아입었다.

나는 익힌 것을, 테우라는 날것을 먹었다.

그리고 나서 테우라는 고기잡이에 나가 벌어진 일을 시시콜콜 물었다. 그녀의 호기심에 맞장구를 쳐줄 수 있어서 흐뭇했다.

테우라는 순진하게 좋아하며 즐거워했지만 나는 속내를 전혀 드러내지 않고 그녀를 대했다. 별로 즐겁지 않은 생각 때문에 잠자리에 들고 싶지 않았다. 나는 테우라에게 불쑥 질문을 퍼붓고 싶어 안달이 났다. 그래서 어쩔 것인가? 자문자답했다. 누가 알까?

 잘 때가 되어 나란히 누운 뒤에야 나는 갑자기 말을 꺼냈다.
 "충실하게 있었지?"
 "네."
 "그런데 오늘 당신 애인은 어땠어?"
 '애인 같은 건 없어요."
 "거짓말! 물고기가 그러던데."

 테우라는 일어나서 나를 노려보았다. 그녀의 얼굴에 신비와 위엄이 넘쳤다. 못 보던 모습이었다. 아이 같던 표정에서 그런 얼굴이 되리라고는 결코 믿기지 않을 정도였다.
 우리의 작은 오두막에 낯선 공기가 감돌았다. 우리 사이에 근엄한 누군가가 있는 느낌이었다. 그렇다. 부인하려고 해도 나는 그들의 오래된 신앙을 따르고 있었다. 저 위에서 내려줄 메시지를 기다렸다. 미신일지도 모르지만, 갑자기 의심의 여지가 없다는 확신과 광신의 상태가 되어 나는 분명 어떤 메시지가 나올 것이라고 믿었다.

테우라는 차분히 문을 닫으러 갔다. 방 한가운데로 돌아와 소리 높여 기도했다.

구해주세요, 제발! 저녁, 신들의 저녁입니다.

내 곁을 지켜주세요, 오, 신이시여, 주인이시여, 지켜주세요.

악행에 빠지지 않게 해주세요.

은밀한 악행에 말려들지 않게 해주세요.

땅을 둘러싼 싸움도 하지 않게, 우리 주변을 평화롭게 해주세요.

오, 신이시여! 사납고 무서운 전사를 막아주세요. 산발한 채 겁을 먹어 얼씬거리지 않도록, 나와 내 영혼을 지켜주세요. 오, 신이시여.

그날 밤, 나도 거의 기도하다시피 했다. 기도를 끝내고 그녀는 내게 다가와 눈물을 글썽이며 말했다.

"나는 맞아야 해요, 많이 때려주세요."

그런데 풀이 죽은 그녀의 얼굴에서 그 경이로운 몸 앞에서 나는 완벽한 우상의 모습을 보았다. 영원히 저주를 받을망정 내 손으로 자연의 이런 걸작을 빚을 수만 있다면 얼마나 좋을까!

　　그렇게 알몸으로 눈물이 그렁그렁한 그녀는 주황색 순수의 옷을 입고 있는 것처럼 보였다. 황금빛 비구(Bhixu)[67]의 옷, 타히티의 향기가 나는 아름다운 황금빛 꽃이었다. 나는 예술가로서 사내로서 감탄하고 말았다.

　　그녀가 다시 말했다.

　　"나는 맞아야 해요, 때려주세요. 아니면 당신은 오랫동안 마음의 병으로 아플 거예요."

　　그녀를 껴안았다. 어떤 불신도 없이. 나는 감탄의 눈으로 그녀를 바라보면서 부처님 말씀을 들려주었다.

　　"그래, 부드러움이 난폭함을 이긴다, 선이 악을 이기고.

---

67) 불교의 수행자 비구(Bhixu, bhiksu, 比丘)

진실이 거짓을 이기고." [68]

내가 무척 이상해 보였을 것이다. 그 신성한 밤에 이상하기만 했던 테우라보다 내가 더욱 이상하지 않았을까.

눈부시게 날이 밝았다. 아침 일찍 장모는 싱싱한 코코넛을 가지고 왔다. 장모는 테우라를 쳐다보았고, 모든 것을 알아차렸다. 장모는 아주 예리한 표정으로 내게 말했다.

"어제 낚시하러 갔었나? 모두 잘 되었고?"

나는 대답한다.

"곧 다시 해야지요."

---

68) 고갱은 난폭함(violence)이라고 썼지만 경전 내용은 노여움(분노)
이다. 《법구경, Dhammapada》 17장 노여움. '온화함으로 노여움
을 이겨라. 선행으로 악행을 이겨라. 베풂으로써 인색함을 이겨라.
진실로써 거짓을.'

최근 이야기(최근에 벌어진 일)

Parau 'Āpī

타히티 신화[69]

"누가 천지를 창조했을까?"

뫼랑후와 테우라의 답은 같았다.

"타아로아(Ta'aroa)가 만들었다. '타아로아'는 텅 빈 곳에서 나왔다. 땅과 하늘보다 먼저, 인간보다 먼저.

타아로아는 누군가를 불러도 대답이 없자, 스스로 우주로 변했다. 그 중심에 자리를 잡아 '타아로아'라고 부르게 되었다. 바위도 모래도 '타아로아'라고 부른다. 씨와 빛과 바탕도 '타아로아'다. 우주는 '타아로아'의 껍질일 뿐이다.

69) 《노아노아》 원본에서는 천문 전설 이후 몇 군데에 나누어 삽입된 글이다. 나누어졌던 글을 연결해 별도의 장으로 배치했다. 고갱이 뫼랑후의 책을 인용했다.

'타아로아'가 우주를 조화로운 규칙으로 움직인다.

"바위와 모래를 뭉쳐서 땅을 만들겠다."

'타아로아'는 손으로 바위와 모래를 오래 주물렀다. 그런데 뭉쳐지지 않았다. 그래서 '타아로아'는 오른손으로 일곱 개의 하늘을 던져 세계의 바탕으로 삼자 빛이 나왔다. 모든 것이 보였다. 우주는 깊은 곳까지 환하게 밝혀지고 신은 이런 방대한 세상에 흐뭇하게 취했다.

공허하던 부동 상태는 사라졌다. 생명이 탄생하고 모든 것이 움직였다. 말이 통하기 시작했고 전령들이 임무를 수행했다. 세상의 중심은 고정되었고 모래와 바위는 제자리를 찾았다. 하늘은 높이 솟아올라 돌았다. 바다는 깊어졌다. 이렇게 우주가 자리를 잡았다.

이와 같은 창세기의 첫 번째 이야기가 차츰 복잡하고 다양해졌다.

'타아로아'는 '바깥'(또는 바다)이라는 이름의 여신과 동침했다. 여기에서 검은 구름, 흰 구름, 비를 낳았다. 또 '타아로아'는 '안'(또는 땅)이라는 이름의 여신과 동침해 첫 번째 싹을 낳았다. 여기에서 지상을 덮은 모든 것이 태어났다. 안개와 산들을 낳았다. 이어서 '강자'와 '꾸밈'이라는 별명의 '미녀'를 낳았다.

지구의 창조에 관한 또 다른 이야기가 있다.

'타아로아'와 별들을 창조한 루아(Rua)를 합친 것과 비슷한 '마우이(Māui) 신화'이다.

마우이는 배를 타고 나갔다가 잠시 정박했다. 머리카락에 낚싯줄을 묶고 갈고리를 달아 우주의 깊은 곳에 던져 큰 물고기(땅)를 낚으려고 했다. 그러자 무엇인가 낚시에 물렸다. 밑바닥에서 거대한 무게로 세계가 낚여 올라오는 것을 느꼈다. 낚시에 걸린 테파투(Te Fatu, 땅의 신)는 밤에 거대한 모습을 드러냈다. 이렇게 마우이는 공간을 떠돌던 큰 물고기를 잡았다. 또 그 것을 손에 쥐고 마음대로 지휘했다. 그밖에도 마우이는 해의 운행도 마음대로 하면서 낮과 밤의 길이를 똑같이 맞추었다.

나는 테우라에게 신들을 꼽아보라고 했다.

'타아로아'는 대기(大氣)의 여신과 동침해 무지개를 낳았다. 붉은 구름과 붉은 비도 낳았다.

타아로아는 땅의 태(胎)의 여신과 동침해 대지를 움직이는 수호신 테파투(Te Fatu)를 낳았다. 테파투는 지하에서 굉음을 낸다.

타아로아는 '대지의 저편' 즉 저승이라는 이상한 이름의 여자와 동침해 '테이리(Te'iri, Te-Iri)', '루아누우(Ruanu'u, Rua-nu'u)' 신들을 낳았다.

'로오(Ro'o)'는 어머니 배의 갈비뼈 쪽에서 태어났다. '분노', '폭우', '광풍'도 태어났다. 그 뒤를 이어 '평화'도 태어났다. 이런 신들은 전령들이 도착한 샘에서 태어났다.

테우라는 신들의 관계를 때로는 의심한다고도 했다. 어쨌든 정통으로 꼽는 위상이 있다. 신들은 <아투아, Atua>와 <오로마투아, 'Oromātua> 두 집단으로 나뉜다.[70]

<아투아> 자손들은 모두 훌륭하다. 맏아들 '오로(Oro,

---

70) 아투아는 신성한 신들이고, 오로마투아는 그다음 등급으로 죽은 자들의 혼이 변화한 신령이나 수호신이며 인간에게 해를 입힐 수도 있다.

전쟁의 신)'는 테타이 마티(Tetai Mati), 우루 테펠타(Uru Tefelta)라는 두 아들을 두었다. 라아(Ra'a)는 테투아 우루 우루(Tetua Uru Uru)의 아버지…… 등등.

신들마다 특징이 있다. 테파투와 마우이가 무슨 일을 했는지는 앞에서 살펴보았고,

'타네(Tāne, 빛의 신)'의 입은 일곱 번째 하늘이다. 그 이름을 인간에게 주었고, 입에서 빛을 쏟아내 땅을 밝힌다.

'리이(Ri'i)'는 하늘과 땅을 갈라놓았고, '루이(Rui)'는 바다의 물을 부풀리고, 육지를 쪼개 지금처럼 무수한 섬들을 만들었다.

머리는 구름에 닿고 발로 바다의 바닥을 딛고 선 '파누라(Fanura)'와 또다른 거인 '파투후이(Fatuhui)'는 미지의 땅 히바(Hiva)로 함께 내려왔다. 그곳에서 사람들을 잡아먹는 흉측한 돼지와 싸워 무찌른다.

'히로(Hiro)'는 도둑들의 신인데 바위에 구멍을 뚫고 마법에 빠진 장소로 들어가 거인들이 가두어놓은 처녀를 구했다. 맨손으로 단김에 그곳을 덮고 있는 나무들을 뽑아내어 마법을 풀었다.

<아투아> 신들은 인간의 삶과 노동과 관련된다. 상어

의 신이자 뱃사람들의 수호신 '마오(Ma'o)', 골짜기의 여신이자 노래의 수호신 '페오(Peho)', 의사의 수호신 '라아우(Ra'au)'. 마법과 저주를 막으려고 봉헌물을 바치는 '노 아파(No Apa)'. 일꾼들의 신 '타누(Tanu)', 목수와 건설자의 신 '타네 테후아(Tane te Hua)', 지붕 올리는 사람들의 신 '미니아(Minia)'와 '파페아(Papea)'. 어망 짜는 사람들의 수호신 '마타티니(Matatini)'가 있다.

<오로마투아>는 가정을 지키는 수호신이다. 가정수호신의 종족은 둘이다. '오로마투아'는 잘못을 저지른 자들이나 싸움을 처벌하고 집안의 평화를 지킨다. 반면, '바루아 타아타(Varua Ta'ata)'는 각 가족마다 죽은 남자, 죽은 여자의 혼령이다.

어려서 자연사한 아기들의 영혼은 '리오리오(Ri'ori'o)'라고 부른다. 태어나면서 죽은 아기들의 영혼은 '푸아라(Puara)'가 되어 작은 메뚜기의 몸속으로 되돌아온다.[71]

---

71) 뫼랑후와 고갱은 에리오리오(Eriorio)라고 썼다. 타히티어 표기로는 리오리오, 높은 소리를 내는 작은 곤충을 가리킨다..

수호신들은 사람들이 의식적으로 지어낸 신들이다. 눈 앞에 보이는 생물이나 물건을 골라 되는대로 이름을 붙였다. 선택에 분명한 동기는 없다. 예컨대, 마오히 사람들은 상어를 상징적 의미를 띤 신령으로 부른다. 그렇게 이름을 붙이고 나서 중요한 때에 상어에게 자문을 구한다.

이런 우화와 전설 또는 오래된 노래는 수없이 많다. 신들이 동물로 변신했다는 이야기들이다. 마오히족이 인도의 윤회설을 알았을 것이다.

<아투아 신들>, <오로마투아 수호신들> 다음으로 천계의 마지막 위상을 차지하는 신령들을 <티이, Ti'i>라고 부른다. 타아로아(Ta'aroa)와 히나(Hina, 달의 여신)의 수많은 자식들이다. 신 보다는 열등하고, 인간과는 다른 혼령들이다. <티이>는 마오히의 우주론에서 생물과 무생물의 중간에서 무생물의 권리와 힘을 지키며, 그 특권에 대한 어떤 반발도 막아준다. 그들의 기원은 다음과 같다.

타아로아와 히나는 티이를 낳았다. 티이는 '아니'(Ani, 욕망)라는 여자와 동침해 '밤의 아니'를 낳았다. 어둠과 죽음의 전령이다. '낮의 아니'는 빛과 생명의 전령이다. '신들의 아니'는 천상의 관심을 전한다. '인간의 아니'는 인간의

관심을 전한다.

'안의 티이'는 동식물을 지킨다. '밖의 티이'는 해양생물을 지킨다. '해안의 티이'는 움직이는 땅을 지키고, '바위의 티이'는 견고한 땅을 지킨다. 티이는 나중에 또다른 신들을 낳았다. 낮과 밤의 '사건', '왕래', '밀물과 썰물', '주고받기', '쾌락' 등이다.

티이 신상들[72]은 마래(Marae, 신전)에서 끝자리에 놓였다. 마치 성역의 울타리로 삼는 듯했다. 유럽에서 유일신교가 침입하면서 위대했던 이런 문명의 자취를 파괴했다.

지금 그 문명은 서구인들과 접촉하면서 원래 의미를 잃었다. 얼마나 풍부한 자질을 타고났던가. 인간이 동식물과 얼마나 절절하게 어울려 살았던가. 이제 마오히족은 서양식 학교에서 공부한다. 그들 자체가 예술의 걸작처럼 아름다운 야만인들인데 몸과 마음이 모두 삭막하게 시들었다.

---

72) 티이(Ti'i)는 인간의 형상으로 현무암, 산호초, 나무를 깎아 신전에 놓는 조각상을 가리키는 용어로도 쓰인다.

＊

　달은 마오히 사람들이 '형이상학적으로 사색'하는 데 매우 중요하다.[73] 옛날에는 달에게 바치는 큰 축제들을 벌였고 아리오이(Arioi)들의 전설에도 자주 등장한다. 달의 여신 '히나'가 세계의 조화에서 무슨 노릇을 하는지는 확실하지 않다. 긍정적인지 부정적인지. 앞에서 보았다시피 땅의 신 테파투와 히나의 대화가 전하고 있다.

　이런 전설은 폴리네시아의 성스런 경전을 수집하고 해석하는 데에 훌륭한 자료다. 전설에서 자연의 힘을 예찬하는 것을 기본으로 하는 종교의 요소를 찾아볼 수 있기 때문이다. 모든 원시종교에 공통되는 특징이다.

　마오히의 모든 신들은 사실 여러 요소를 의인화한 것이다. 그러나 두 가지 점이 특이하다. 학자들이 내 짐작을 확인하길 바라면서 그 점을 짚어보겠다.

---

73) 달을 중심으로 하는 음력을 이용했다. 춘분과 추분, 하지와 동지 등 태양의 질기도 활용했다.

먼저, 삶의 보편적이고도 유일한 두 원칙을 분명히 가리킨다. 그리고 나서 이것들은 절대적인 것으로 통일된다. 그 하나는 지성과 영혼이다. '타아로아'라는 남성이다. 다른 하나는 순수한 물질로서 구체적 존재, 신과 마찬가지로 '히나'라는 여성이다.

히나는 달의 이름만은 아니다. 공기의 히나, 바다의 히나도 있다. 또 내면의 히나도 있다. 아무튼 히나라는 이름은 공기, 물, 대지와 달에 속할 뿐이다. 해와 하늘, 빛의 제국은 타아로아에 속한다.[74]

이렇게 물질과 정신을 확실히 구별하지만, 마오히의 기원에서 바탕의 본질은 하나로 보인다. 거대하고 신성한 우주는 타아로아의 껍질일 뿐이다.

이런 소박한 자연숭배는 원시인들 사이에서 매우 드문

---

74) 타아로아는 창조주 또는 창조의 원천으로 포(Pō, 초자연적인 세계, 신성한 어둠)의 세계이다. 마오히 신화의 세계는 포(Pō, 밤)와 아오(Ao, 낮)로 이루어진다. 히나는 달의 여신 이름이기도 하고, 다른 전설에서는 타아로아가 만든 최초의 인간, 티이(남자)와 히나(여자, 티이의 아내)의 이름이기도 하다.

철학의 전조라는 점이 특이하다. 타아로아는 여러 모습의 히나와 줄줄이 결합한다. 태양처럼 그런 결합으로 숱한 결실을 낳고, 빛과 열기의 작용으로 똑같은 요소들도 변화한다.

여러 가지 상징에서 다채롭지만 똑같은 개념을 볼 수 있다. 아무튼 발생의 원인, 씨를 품는 것과 결실, 그리고 동력, 무르익는 것, 운동 그 자체, 정신과 물질과 생명은 하나일 뿐이다. 철학자들이 주목하면 좋을 만큼 특별하다.

그다음으로 흥미 있는 점은 마오히 사람들이 달을 보는 관점이다. 달을, 소멸하는 것들의 주기 또는 생명 자체는 아니지만 무한한 재생이나 그 표시로서 운동의 상징으로 본다. 본질적으로 여성적이다. 반면에 땅과 남성에서 서로 비슷하게 생명의 진화로 얻는 점, 또 생명이 뛰어넘어야 하는 점을 본다.

진화라고 생각하고 싶지만 타아로아의 숭배자들에게 서구의 진화론 같은 것을 갖다 붙이기는 너무나 이상하다. 다음과 같은 말들이 떠오르면 더욱 그렇다.

"땅은 끝나고 인간은 죽는다. 그러나 달은 결코 끝나지 않는다. 인간은 죽지만……"

달의 모습은 변화하지만, 그렇게 이어지는 모습 대문에 마오히 사람들은 영원한 운동의 원리를 보는 것인지도 모른다. 마오히 사람들은 둥근 별에서 영원을 헤아린다.

달과 별은 다시 반짝이려고 꺼질 뿐이다. 다시 태어나려고 죽는다. 물리의 법칙에 따라서. 영원히 그럴 것이다. 그런 세계에서는 모든 것이 모습을 바꾸면서도 절대 죽지 않는다. '히나'는 결국 '물질'을 대표한다. 마오히 사람들의 이론에 따르면 물질은 영원하다.

태양도 마찬가지라고 한다. '타아로아', '영혼'은 항상 물질에게 움직임을 애원한다. 물질과 하나로 합쳐 언제나 새로운 생명을 낳는다.

그러나 인간과 땅 위에 서 있는 집은, 타아로아와 히나의 결합에서 나온다. 땅과 인간은 거대한 생명의 노래에서 한 토막에 불과하다. 땅도 인간도 다시 태어나지 못하고 죽는다.

달은 끝이 없고, 빛나는 영혼의 광체로 생명을 품는 물질을 상징한다. 그렇다면 새로운 거처와 새로운 존재로 이어지려고 땅이 사라지고 인간이 죽는다고 생각할 수밖에 없지 않을까. 이렇게 새로 태어나는 것이 그것을 끌어내린 것보다 우수하다고 할 수 있지 않을까? 진화론의 형태 같은 것 아닐까?

정신과 역사의 또다른 관점에서 히나와 테파투의 대화를 다르게 해석할 여지는 많다.

'달—여자'라는 충고는 죽음만이 삶의 비밀을 지킨다고만 알고 있는 나약한 여성이라는 속임수일 뿐이다. 테파투의 대답은 민족의 예언 같은 것이다. 옛날의 위인은 자기 민족의 생명력을 따져보고 그 혈통에서 죽음의 씨를 예감했다. 다시 태어날 수 없고 안전하지 못하다. 그래서 "타히티는 죽을 것이고, 다시 태어나지 못할 죽음이다."라고 했던 것이다.

하나의 본질, 진화론. 일찍이 누가 그토록 발달한 문화에서 이런 살육을 벌이는 것을 확인하게 될 줄 알았을까? 사실에 아무 것도 덧붙일 뜻은 없다. 뫼랑후의 선의를 비난할 수는 없다.

테우라는 이런 알쏭달쏭한 이야기들을 조금도 의심하지 않았다. 유성들을 난파의 신이나 배회하는 투파파우로만 믿었다. 자기네 조상들과 똑같이 생각했다. 하늘이 곧 타아로라이고, 아투아 신들은 타아로아가 낳았기 때문에 하늘의 자식들이라고. 이런 식으로 인간의 감정을 별들에게 돌렸다.

어떤 과학으로 이런 시적 상상을 인정하려 할까 알 수 없다. 또 어떤 첨단과학으로 어디까지 그것을 얼어붙게 할지 알 수 없는 노릇이다.

테우라는 마치 특별한 종파 신자나 지하당원처럼 신비스럽게 말한다. 위대한 부족장 시대 같던 고대에 섬에서 중요한 역할을 했던 아리오이 회원처럼 말한다.

유치하고 조금 혼란스럽기는 해도 강렬한 숭배와 공포심의 자취가 묻어나는 이야기들을 통해서 나는 신성한 고대의 무섭고도 거대한 제도를 생각해보았다. 준엄한 범죄로 넘치는 비극적 역사를 짐작했다. 은밀히 간직해온 비밀과 해석하기 어려운 신화에 숨겨진 미덕을.

사회의 기원이 어떤 신비로 덮였든 처음부터 믿어버렸더라도 나는 그 기원의 전설, 수세기 동안의 상상으로 다양해진 주제를 알고 싶었다. 어쩌면 그 이야기에서 내가 타히티에서 찾으려던 중요한 정신의 풍요를 찾을 수도 있지 않을까.

테하마나의 조상들

Merahi metua no Teha'amana

*

    테우라가 자신이 알고 있는 대로 신들의 이야기를 했을 때, 나는 사방으로 나머지 이야기를 찾아다녔다. 나는 진짜 이야기의 절반도 듣지 못했다. 나머지 이야기는 다음과 같다.

    타아로아의 아들 '오로('Oro)'는 아버지 다음으로 위대한 신인데, 인간들 가운데 배우자를 고르려고 마음 먹었다. 아름다운 여자를 맞이해 수많은 사람들 사이에서 특권을 누릴 우수한 민족을 만들려고 했다. 오로는 일곱 개의 하늘을 날아간 끝에 파히아(Pahia) 산에 닿았다. 보라보라 섬의 높은 봉우리인데 그의 누이들 테우리(Teuri) 여신과 하오아오아(Haoaoa) 여신이 살고 있었다.

    세 남매는 사람 모양의 형상을 썼다. '오로'는 청년전사로, 누이들은 아가씨로 변장해 섬들을 돌아다니면서 신성한 사랑을 나눌만한 인간을 찾았다. 오로는 무지개를 붙잡아 파히아 산 정상에서 지상의 한쪽 끝까지 걸어두었다. 누이들과 오로는 무지개를 타고 골짜기와 해협을 건넜다.

그들을 반기는 섬들마다 셋은 화려한 잔치를 열어 모든 여자들을 초대했고 오로가 그녀들을 살폈다. 그러나 오로는 슬프기만 했다. 사랑해야 할 텐데 그런 마음이 우러나지 않았다. 어떤 인간의 아가씨도 오로의 눈길을 사로잡지 못했다.

여러 날을 보내고 나서 오로가 하늘로 돌아가려고 할 때쯤이었다. 오로는 보라보라 섬의 바이타페(Vaitape)에서 매우 아름다운 여자를 보았다. 이 아가씨는 오바이 아이아 (Ovai aia)[75]라는 작은 호수에서 목욕을 하고 있었다.

늘씬한 아가씨였다. 그녀의 금빛 살결은 작렬하는 햇볕을 반사했고 짙은 머릿결은 밤새 사랑의 모든 수수께끼를 간직했을 것 같은 모습이었다. 그녀에게 사로잡힌 오로는 누이들에게 자신은 파히아 산마루에서 기다릴 테니 그녀

---

75) Avai-Aia로 영어판까지 반복되고 있지만, 'Ovai-aia'로 바로잡는다. 뫼랑후의 책(1837년)에 앞서 런던선교회 선교사 윌리엄 엘리스 (William Ellis)가 《Polynesian Researches》(1829년)에서 소개했다. 뫼랑후 또한 엘리스의 책을 인용하면서 'Ovai aia'라고 표기했다.

에게 청혼의 뜻을 전해달라고 했다. 여신들은 그 아가씨에게 다가가 미모를 칭찬하면서 보라보라 섬의 아나우(Anau)에서 왔다고 인사를 건네며 말했다.

"우리 오빠가 아내로 삼고 싶다며 당신의 뜻을 물었어요."

그러자, 바이라우마티(Vairaumati)라는 이름의 그녀는 경계하며 조심스레 답했다.

"아나우 사람들이 아니네요. 아무튼, 오빠가 부족장이고 젊고 잘 생겼다면 직접 오면 되잖아요. 그러면 아내가 될 수 있어요."

자매는 곧바로 파히아 산으로 올라가 오빠에게 그녀의 말을 전했다. 오로는 무지개 다리를 만들어 바이타페로 내려갔다.

바이라우마티는 과일을 차려놓고 그들을 맞이했다. 가장 곱고 화려한 갈대로 엮은 침대도 놓았다.

마침내 물가의 타마라이(Tamarai) 나무와 판다누스 나무 그늘에서 둘은 건강하고 신성하게 사랑했다. 아침마다 오로 신은 파히아 정상으로 돌아갔다가 저녁이 되면 다시 돌아와 바이라우마티 곁에서 잤다. 오로는 항상 파히아 산

바이라우마티

Vairumati(Vairaumati)

과 바이타페를 무지개 다리로 오갔다. 그런데 하늘나라에서는 오로의 행방을 모른 채 많은 세월이 흘렀다.

타아오라의 또 다른 두 아들, 오로테파(Orotefa)와 우루테파(Orotefa)도 인간으로 변신해서 형 오로를 찾아나섰다. 형제는 섬들에서 오로를 찾아헤맸지만 허사였다. 그러다가 보라보라 섬에서 거대한 망고나무 그늘 아래 바이라우마티와 함께 앉아 있는 형을 발견했다.

형제는 그녀의 미모에 놀랐다. 그래서 감히 오로가 없을 때 선물을 바치려고 했다. 오로테파는 암퇘지로, 우루테파는 붉은 새로 변신했다. 금세 제 모습으로 되돌아갈 변신이었다. 그렇게 변신한 암퇘지와 새의 모습으로 선물을 들고 오로와 바이라우마티를 찾아갔다. 오로와 바이라우마티는 두 손님을 반갑게 맞이했다.

밤사이에 암퇘지는 새끼 일곱 마리를 낳았다. 사람들은 그 중 첫째는 나중을 위해 남겨두었다. 둘째는 신들에게 바쳤다. 셋째는 이방인들에게 주었다. 넷째는 '사랑의 제물용 돼지'라는 이름을 붙였다. 다섯째와 여섯째는 번식용으로 키우기로 했다. 마지막으로 일곱째 돼지를 마오히식으로 뜨거운 돌 더미에 얹어 구워먹었다.

오로의 형제는 하늘로 돌아갔다. 오로는 일곱 마리의 돼지 가운데 첫 번째 돼지를 끌고 오포아 신전, 위대한 마래(Marae)[76]로 갔다. 신전에서 마히(Mahi)라는 사람을 만났다. 오로는 돼지를 주면서 말했다.

"이 돼지를 맡아 지키라. 신성한 돼지다. 내가 낳을 인간들이 혈통을 이어갈 것이다. 이 세상에서 내가 아버지요. 인간들은 아리오이(Arioi)족이 될 것이다. 나는 여기 오래 머물를 수 없다. 하지만 그대를 아리오이라고 부르겠다."[77]

마히는 라이아테아(Ra'iatea)[78] 족장을 찾아가 이 사건을 전했다. 족장이 없으면 신성한 돼지를 지킬 수 없다면서 이렇게 말했다.

"내 이름과 족장 이름을 똑같은 것으로 부릅시다."

족장은 그 제안에 동의했다. 두 사람은 '타라마니니

---

76) 고갱과 뫼랑후는 바포아(Vapoa)라고 표기했지만 '오포아(Ōpoa)' 이다. 라이아테아 섬의 오포아 지역 바닷가에 있는 타푸타푸아테 아 마래(Taputapuātea marae)는 가장 중요한 마래로 꼽는다.
77) 이 전설을 바탕으로 종교 조직 아리오이가 오로 신을 섬긴다.
78) 타히티 북서쪽 약 200여 킬로미터 거리에 있는 섬이다.

(Taramanini)'라는 이름으로 부르기로 했다.

한편, 오로는 아내 곁으로 돌아와, 아들을 낳게 될 테니 '호아 타푸 테라이(Hoa Tapu te Rai)'라고 이름을 짓자고 했다. '하늘의 신성한 벗'이라는 뜻이다. 그리고 시간이 다 되어서 오로는 다시 떠나야 했다.

오로는 거대한 불기둥으로 변신해 장엄하게 허공으로 날아올라 보라보라 섬의 최고봉, 피리레레[79] 위로 올라갔다. 아내는 눈물에 젖었고 사람들은 놀라면서 허공을 쳐다보았다.

'호아 타푸 테라이'는 어른이 되어 대족장이 되었고 주민들에게 많은 선행을 베풀었다. 그는 사망해 승천했고, 어머니 바이라우마티도 여신의 반열에 올랐다.

'오로'는 소시에테 제도에 인도 브라만(Brahman)의 교리를 전한 존재가 되었을 것이다. 언제였을까? 앞에서 말했지만, 폴리네시아 종교에 인도 형이상학의 자취가 남아 있

---

79) 현재는 오토마누(Otemanu)라고 부른다.

마래가 있던 자리

Pārahi te Marae

다. 그 철학적 교리 덕에 마오히족의 재능이 깨어났을지도 모른다.[80] 합리적으로 서로를 이해하고 또 천박하던 것과 달리 형식을 갖춘 의례를 실천하게 되었다. 이렇게 해서 다른 어떤 부족보다 더 고상한 정신으로 깨어나 섬들의 정치와 종교를 지배했다. 대권을 쥐고서 매우 강력한 봉건사회를 건설하고 섬들의 역사에서 가장 찬란한 시대를 열었다.

아리오이는 비록 문자는 없었지만 지성이 풍부했다. 밤새 또박또박 한 마디로 틀리지 않고 고대의 전설을 암송했다. 글로 적어 옮기더라도 몇 해가 걸릴 분량이다. 그들이 암송하는 것은 신들의 말씀이다. 아리오이 회원들에게 명상의 중심과 습관을 확고히 하도록 몇 가지 해석만 덧붙였다. 그 말씀을 모두 머리에 담아두는 것이다.

유럽 역사에 이런 무서운 종교결사가 있었을까? 국가의 대사에 신들의 이름으로 모든 힘을 쏟고 목숨을 바쳤다.

아리오이는 인신을 바치는 희생을 신이 좋아한다고 가

---

80) 인도 문명이나 불교와의 관계는 근거가 없다.

르친다. 마래 신전에서 영아를 제외한 아기들을 희생제에 바친다. 전설의 일곱 마리 돼지들이 상징하는 것을 따른다. 민족을 이어갈 생명만 남기고 모두 잡는다는 전설이다.[81]

많은 원시민족이 따르는 이런 야만족 의무에 분명 깊은 사회적 원인과 일반적인 이해관계가 있었을 것이다.[82] 과거에 마오히족처럼 번창하던 민족들 사이에서 인구의 끝없는 증가는 극도로 위험했을 것이다. 물론 섬에서 살기는 쉬웠고 먹고살려고 많은 일을 하지 않아도 되었다. 그러나 영토는 자연의 제약으로 좁을 수밖에 없다. 방대한 바다에 갇혀 있었다. 건너갈 수 없는 바다였다.[83] 따라서 인구는

---

81) 신에게 바치는 사람의 몸을 타아타 타푸(Ta'ata Tapu)라고 했다. 남자만 제물로 바쳤고, 여성의 참여는 제한했다. '타아타'는 젊은 남자, 타푸(Tapu)는 금지를 뜻한다. 타푸는 손대거나 접근하면 안되는 것, '신성한 금기'이다. 타푸는 문화인류학의 용어 터부(Taboo)가 되었다.
82) 고대 지중해 문명과 이스라엘(몰렉 신 숭배)에서도 사람을 제물로 바쳤다. 고대 동양에서는 인신공양, 순장 풍습이 있었다.
83) 서쪽 뉴질랜드, 동쪽 마르키즈, 북쪽 하와이까지 태평양 전역으로 이동한 종족이다. 조금씩 차이는 있지만 같은 신화를 공유한다.

좁은 땅에 급격히 늘었을 것이다. 더구나 바다에서 그만한 식량이 될 생선을 잡기 어려웠을 것이다. 반면에 숲에서 과일은 꽤 풍부했을 것이고.

인육을 먹는 것은 오직 인구과잉으로 굶주렸기 때문이었을 수밖에 없다.[84] 인구가 넘치고 양식이 부족할 때는 사람이라도 잡아먹는 수밖에 별다른 도리가 없지 않았을까?[85] 실제로든 상징으로든, 좁은 땅에서 지나치게 밀집되어 살던 사람들은 항상 서로 잡아먹었다. 다른 곳으로 떠

---

84) 뫼랑후는, 다른 부족과의 전투에서 승리하면 패배한 부족을 먹었다며, 굶주림도 있었겠지만 승리의 트로피를 드는 것과 같은 의식이었다는 견해를 덧붙였다.

85) 갑각류, 조개류는 풍부했고, 소나 말은 없었지만 닭, 돼지, 식용 개도 길렀고, 타로(토란), 고구마, 우피(Uhi, 참마)를 경작했고 빵나무도 심었다. 코코넛, 바나나, 망고 등 다양한 열대 과일, 벌꿀, 알콜성 식물 카바(Kava)도 있었다. 영양상태는 현대 기준으로는 부족했지만 부족간 전쟁 외에는 심각한 자연재해도 없었다. 빵나무 열매(우르)는 발효반죽으로 만들어 돌담을 쌓은 저장소에 보관했다. 야생 돼지를 사냥했고, 얕은 바다에 돌무더기로 담장을 쌓았는데 우기에는 물고기들이 갇혀 쉽게 잡았다. 농어, 장어 등 민물고기, 문어, 참치, 넙치, 가다랑어 등 바닷물고기를 식용했다.

아리오이의 새싹(뿌리)

Te a'a no Areois(Arioi)

바이라우마티가 아리오이의 새싹을 손에 들고 있다.

나보아야 죽음을 지연시킬 뿐, 해결책은 안 되었다.

이런 대책에 의존할 수밖에 없던 마오히족은 과격한 제도를 채택했다. 살인을 막으려고 아기를 죽이는 쪽으로 후퇴했다.[86]

그들은 이미 처절한 식인풍습을 겪었을 것이고 또 아리오이는 그 민족풍습을 바꿀만한 놀라운 힘이 필요했을 것이다. 그들은 자신들이 지켜왔던 해묵은 전통과 종교적 권위로서 주민들에게 설득할 수 있었다.

유아살해는 오랫동안 마오히족에서 선별 수단이었다. 어린 아들에게 심신의 힘을 키워주는 방법이었다. 맏아들의 무서운 권리였다. 살아남을 권리였다. 장자가 주민들 속에서 힘과 자부심을 보일 수 있도록 보장하는 권리였다. 의연한 구경거리였고, 죽음을 정기적으로 빈번하게 접하면

---

86) 성은 개방적이었으나, 아리오이 회원들은 아이 출생을 금지했고, 부족의 지배 계급은 계층간 혼혈을 막는 낙태의 한 방편으로 실행했다. 일반 계층에서도 일어난 일이었지만 대리 양육이나 입양 또한 자연스러운 풍습이었다.

서 교육 효과가 있었다.

그 행사에서 전사들은 겁내지 않는 법을 배웠다. 또 민족은 열대의 나태를 털어내는 강렬한 감정을 느꼈다. 계속되는 낮잠을 깨우는 채찍이었다. 마오히족은 이런 비극적 관습을 버리면서 생기도 잃고 인구가 줄었다.[87] 무서운 우연으로 그렇게 되었을 리 없다.

아리오이 집단에서 매춘은 신성한 제도였다. 우리(유럽인)는 이것을 바꾸었다.[88] 성스럽지도 않고 의무도 아니다. 매춘을 용서하든 세련시키든 별다른 성격은 없다.

아리오이 성직은 자식이 물려받았다. 아리오이는 애당초 12인의 발기인을 중심으로 수장들의 분회 같은 것으로 갈라졌다. 분회마다 간부들과 수련생들이 있었다. 높은 지위는 몸에 특별한 문신으로 드러냈다. 팔다리는 물론이고 발

---

87) 유럽인들이 들어오면서 외래 전염병으로 사망해 인구가 줄었다.
88) 유럽인이 나타나기 전까지 성매매는 존재하지 않았다. 더글러스 올리버는 《고대 타히티 사회》(1974년)에서 아리오이 축제에서 벌어진 남녀의 자유로운 애정 행위 또한 성매매는 아니었다고 말했다.

목과 어깨까지 문신을 새겼다.

＊

아리오이가 지배했던 옛날 왕들의 시대 이야기가 나온
김에 왕의 취임식에 관한 이야기도 해두고 싶다. 옛날, 마
타무아(mātāmua)이다.

신임 왕은 궁전에서 화려한 복장으로 섬의 모든 원로들
에 둘러싸여 행진한다. 귀한 깃털로 머리를 장식한 아리오
이 수장이 뒤를 따른다. 행렬은 마래 신전으로 향한다. 문
간에서 왕을 기다리던 사제들은 요란한 뿔고둥 나팔과 북
소리에 맞춰 왕의 도착을 알린다. 행사의 시작을 알리는
신호이다. 이어서 왕과 사제들이 신전으로 들어가 성상 앞
에 시신을 제물로 바친다.

왕과 사제들은 함께 기도송을 읊고 노래한다. 노래가
끝나면 사제가 시신에서 두 눈알을 뽑는다. 오른쪽 눈알
은 성상 앞에, 왼쪽 눈알은 입을 벌리고 기다리는 왕에게

주는 시늉을 한다. 그러고 나서 사제는 즉시 눈알을 시신의 제자리에 놓는다.

이어서 사제들이 준비한, 들것에 성상을 올린다. 들것은 조각으로 장식했다. 몇 사람의 족장이 왕을 어깨에 받쳐들고 모두 함께 해변으로 나간다. 이때 처음 수행했던 아리오이도 함께 간다.

많은 사람들이 그 뒤를 따른다. 가는 길에 사제들은 나팔을 불고 북을 치며 춤춘다. 해변에는 푸른 나뭇가지와 꽃으로 화려하게 장식한 신성한 카누(배)가 대기하고 있다. 성상을 그 앞에 내려놓고 사제장의 안내에 따라 왕은 옷을 벗고 물속으로 들어간다.

참석자들은 '아투아 마오(Atua Ma'o, 상어 신)'[89]이 물결을 타고 왕을 씻겨주러 온다고 믿었다.

그리고 왕은 물에서 나와 배에 오른다. 배에서 사제장은

---

89) 마오는 '상어'이다. 타히티의 가까운 바다에 서식하는 상어들은 몸집이 크지 않고 사람을 해치지도 않는다.

왕의 허리에 절대군주의 표시로 '마로 우라(Maro 'Ura)'[90]를, 머리에는 '타우마타(Taumata)'[91]라는 띠를 둘러준다. 왕이 뱃머리에 올라 주민들을 바라보자 말없이 지켜보던 주민들은 '왕 만세(Maeva ari'i)'를 외친다.

이렇게 첫 번째 의식을 치르고 나서 왕은 신상을 싣고 왔던 들것에 올라, 왔던 길을 똑같은 방식으로 거슬러 신전으로 되돌아간다. 사제들은 신상을 들고, 부족장들은 왕을 둘러메고 행진한다. 음악 소리와 춤에 맞춰 앞서가는 사제들을 주민들이 뒤따른다. 주민들은 계속 '왕 만세'를 외친다.

신상을 신전 제단에 엄숙하게 안치하고 종교의식을 끝낸다. 이때부터 주민들은 축제를 벌인다. 뭐라고 묘사하기 어려운 일이 벌어진다. 그 모습을 본 선교사들은, 우리가 그들의 속내를 짐작한 대로, 순진한 신도들의 조상을 비웃고 헐뜯었을 것이다.

90) 왕족을 상징하는 허리띠, 천으로 만들어 붉은 깃털로 장식했다.
91) 햇빛 가리개 용도의 코코넛 잎으로 만든 머리띠.

왕은 매트 위에 누워 주민들이 행하는 '존경의 마지막 인사'를 받는다. 남자들과 여자들이 완전히 벌거벗고 음란한 춤을 추면서 왕의 몸을 여기저기 만진다. 왕은 외설스럽고 더러운 것에서 벗어나지 못해 고생한다.[92]

낯 뜨거운 추문이 될 만한 광경이다. 그런데 추하기만 했고 아름다운 면은 없었다고 할 수 있을까? 왕은 그때 마래(신전)에서 땅과 신 '타아로아'와 하나가 되었고, 바다에 나가서는 '히나' 여신과 하나가 되었다. 왕은 이제 백성과 하나가 되어야 했던 것이다.

분명 이것은 난폭한 의식이다. 역겨운 면이 있다. 그렇지

---

92) 고갱이 뫼랑후의 책에서 일부분을 지우고 순화했다. 뫼랑후의 문장 그대로 읽으면, "신상을 앞에놓고 왕은 매트에 누워. '마지막 경배'라고 부르는 의식을 치룬다. 불쾌한 오물과 음란한 춤이 있다. 벌거벗은 남녀가 몹시 음란한 춤을 춘다. 왕의 몸을 여기저기 만진다. 왕은 자신의 몸을 덮는 그들의 소변과 배설물을 피할 수 없어 난처하다. 사제들이 북을치고 나팔을 불면 끝난다." ; 드리센 (H. E. H. Driessen)은 그의 저서 《From Ta'aro to Oro》(1991)에서 이 이야기를 배설설화로 보았다. 신성한 어둠의 세계(포, Pō)에서 나온 것들을 통해 사회적으로 재탄생하는 세례를 상징한다.

만 바로 그런 난폭한 면에서도 위대한 면이 보인다. 한 사람에게 모든 사람이 사랑을 표하는 것이다. 그 사람은 왕이다. 내일부터 그는 주인이고 자신에게 복종하는 사람들의 운명을 좌지우지하게 된다.

마지막 음란한 광증에 이르기까지 백성은 그저 한 시간의 자유를 누릴 뿐이다. 무엇이 충격일까? 신들의 뜻을 따르는 그들의 야만성을 보여줄 뿐이다. 그러다가 나팔과 북 소리가 갑자기 느리게 잦아든다. 축제의 끝이다. 광란에 취했던 사람들도 모두 차분해진다. 왕은 조용한 가운데 일어나 신하들과 함께 궁으로 돌아간다.

6

나는 프랑스로 돌아가야 했다. 어쩔 수 없었다.

작별이다. 정답고 그윽한 땅, 고향 같이 자유롭고 아름
다운 곳인데! 2년 반밖에 살지 않은 이곳에서 20년은 젊어
졌다. 도착했을 때보다 훨씬 야성이 넘치지만 더 많이 알게
되었다. 그렇다, 야만인은 낡은 문명인, 삶의 지혜와 행복
의 예술에 무지한 문명인에게 너무나 많은 것을 가르쳐주
었다.

바다를 향해 나아가며 항구를 떠나면서 나는 테우라를
마지막으로 바라보았다. 테우라는 여러 날 밤을 울며 지새
웠다. 이제 슬픔에 지쳐, 조용히 바위에 앉아 두 다리를 짠
물에 담근 채였다. 발은 퉁퉁 부었다. 귀에 꽂았던 꽃은 무
릎 위에 떨어져 시들었다.

거리가 멀어질수록, 그녀처럼 다른 사람들도 말없이 지

친 채, 아무 생각도 없이 우리들 모두, 한때의 애인들을 태운 기선의 검은 연기를 바라보았다.

섬에서 멀어지면서, 갑판에서 망원경으로 한참을 바라보는 동안, 사람들의 입에서 마오히의 옛 노래가 들리는 듯했다.

부드러운 남동풍이여 불어와
내 머리를 쓰다듬고,
저 건너편 섬으로 달려가세요.
거기, 바람이 좋아하는 나무 그늘 아래 앉아 있는
나를 버린 그 사람을 만나거든
내가 울고 있다고 전해주세요![93]

---

93) 1893년 6월 타히티를 떠났던 고갱은 1895년 9월 다시 타히티로 갔다. 그해 11월 친구 드몽프레에게 보낸 편지에 이렇게 썼다. "나의 바히네(테우라)를 만났다. 그런데 그녀는 그동안 다시 결혼해서, 붙잡고 싶지만 함께 있을 수 없다. 그런데 그녀는 일주일 동안은 돌아가지 않고 내 곁에 있어 주었다."

망고꽃을 든 두 여인

Deux Tahitiennes aux fleurs de mangue

Chapitre IV_

Le Conteur parle_

Mes voisins sont devenus pour moi presque des amis.
Je m'habille, je mange comme eux. Quand
je ne travaille pas je partage leur
vie d'indolence et de joie, avec
de brusques passages de gravité.

Le soir, au pied des
buissons touffus que
domine la tête échevelée des
cocotiers, on se réunit par
groupes, — hommes, femmes
et enfants. Les uns sont de
Tahiti, les autres des Tonga,
puis des Aroraï, des marquises.
Les tons mats de leur corps
font une belle
harmonie avec le velours du
feuillage, et de leurs poitrines
cuivrées sortent de
vibrantes mélodies
qui s'atténuent
en s'y

《노아노아》 필사본(고갱의 자필 노트)

Chapitre XII

Le Conteur achève son récit

Il me fallait repartir en France. Des

...

... me rappelaient.

... terre

... de beauté.

... uni de quelques

... arrivée et

... sauvages ont

... lise, bien

... de

... moment

... dernière

... durant

... et toute

toujours, mais calme, elle s'était assise sur
la pierre les jambes pendantes effleurant
de ses deux pieds larges et solides l'eau salée.

certitude d'un lendemain pareil au jour présent,
aussi libre, aussi beau, la paix descend en moi.
Je me développe normalement et je n'ai plus de
vains soucis.

Un ami m'est venu, de lui même et
certes! sans bas intérêt. C'est un de mes
voisins, un jeune homme, très simple et très beau.
Mes images coloriées, mes travaux dans le bois
l'ont intrigué, mes réponses à ses questions
l'ont instruit. Pas de jour où il ne vienne
me regarder peindre ou sculpter.

Et le soir, quand je me reposais
de ma journée, nous causions, il me faisait des
questions de jeune sauvage curieux des choses
européennes, surtout des choses de l'amour,
et souvent ses questions m'embarrassaient.
Mais ses réponses étaient plus naïves encore
que ses questions. Un jour que, lui confiant
mes outils, je lui demandais d'essayer une
sculpture, il me considéra, très étonné et me
dit avec simplicité, avec sincérité, que moi,
je n'étais pas comme les autres, que je pouvais
des choses dont les autres étaient incapables.
Je crois que Jotépha est le premier homme

《노아노아》 필사본

분홍 새우[94]

　1886년 겨울.

　눈이 내리기 시작한다. 겨울이다. 그저 눈일 뿐이지만 나는 새하얀 눈과 같은 은총을 빈다. 가난한 사람들은 고통을 받고 있다. 집주인들은 이것을 이해하지 못한다.

　그런데, 이렇게 눈이 오는 날, 파리 '르픽' 거리의 행인들은 평소보다 서둘러 움직이고 있다. 그들 가운데 괴상한 옷차림을 한 사람이 큰길로 나가려고 서두른다. 염소 가죽

---

94) 고갱이 《노아노아》 필사본 노트 뒤쪽에 써놓은 글이다.

털모자를 썼고 망토와 모자, 성근 수염 등이 완전히 촌뜨기 꼴이다.

그렇다고 반쪽만 보지 말자. 추위에도, 자기 길을 가면서, 희고 우아한 손, 맑고 생생하고 지적인 파란 눈을 무심히 지나치지 말자. 분명 가난한 사람이지만 소몰이꾼은 아니고, 화가이다. 그가 빈센트 반고흐다. 그는 황급히, '야만족의 화살과 골동품 동전과 싸구려 유화를 파는' 가게로 들어간다. 이 불쌍한 예술가는 팔려고 가져온 그림을 그리면서 거기에 자신의 영혼 한 조각을 떼어주었다!

작은 정물화였다. 장밋빛 종이에 놓인 분홍 새우들이다.

"이 그림 드릴 테니 얼마 주겠소? 월세를 낼 때가 되어서."

"아, 어쩌죠. 고객들은 싸구려 밀레(Millet)를 원합니다."

가게 주인이 "당신 그림은 별 재미가 없네요."라고 덧붙인다. 그리고 나서, "그래도 재능은 있으니, 당신을 위해 뭔가를 하지요."라면서 몇 푼을 내어준다.

동전 몇 개가 계산대 위에 댕그랑 떨어진다.

반고흐는 투덜대지도 않고 그것을 집어 들고 주인에게 감사하며 나온다. 그는 힘들게 마을길을 걸어 올라간다.

자기 집 근처에 도착했을 때, 생라자르 수용소에서 나온 불쌍한 여인이 화가를 향해 웃음을 보이며, 자기 손님이 되어달라고 청한다. 그는 흰 손을 외투에서 꺼낸다. 반고흐는 독서광이다. 그는 엘리자 아가씨[95]를 떠올린다. 그의 동전 5프랑은 창녀의 주머니로 들어간다. 그는 자신이 베푼 선심이 부끄러운 듯 급히 굶주린 배를 쥐고 달아난다.

1894년 겨울.

경매장 9호실에서 경매사는 그림을 판매했다. 내가 그곳으로 들어갔다. "<분홍 새우>, 400프랑, 450, 500! 여러분 서두르세요, 이것이 저것보다 낫습니다. 더 안 계십니까? 낙찰!"

나는 망연한 채 그 자리를 떠났다. 나는 빈센트 반고흐의 '엘리자 아가씨'를 생각하고 있었다.

---

95) 반고흐가 둥근 나무판에 그린 3권의 책 중 하나로, 콩쿠르의 소설 《엘리자 아가씨》의 여주인공이다. 살인을 저지른 불행한 창녀 엘리자를 통해 사회적 불의와 도덕, 광기의 감옥과 비인간적 현실을 다룬 소설이다.

이 네덜란드 화가는 거래라고는 할 줄도 모르고, 그렇게 관대할 수가 없었다. 그는 비참하게 살면서도 클리쉬 대로의 낡은 '탕부랭' 카페를 장식해주었다. 과거 모델이었던 이탈리아 여자 '세가토레'가 카페 주인이다. 미모는커녕 다 시들어가는 나이의 수수께끼 같은 요물을 너무나 사랑했던 그는 그 사랑을 끔찍하게 확신했던 모양이다. 카페를 그녀와 함께 운영하던 사내는 이런 부정한 소문을 듣고 반고흐를 제거하려고, 그를 빤히 쳐다보다가 느닷없이 반고흐의 뺨이 터질 만큼 주먹을 날렸다.

아를에서

- 1888년 12월 23일의 사건[96)]

몇 해 전, 빈센트 반고흐의 편지를 《메르퀴르 드프랑스》에서 읽은 사람들은 자기 생각대로 아를에 나를 초대해 아틀리에를 맡기려던 그의 고집을 알았을 것이다.

나는 그즈음 브르타뉴 퐁타벤에서 작업하고 있었다. 내 작업 때문에 그곳에 묶여 있었든, 막연히 본능적으로든, 나는 빈센트가 진지한 우정으로 설득하는 바람에 길을 떠나게 될 때까지 오랫동안 주저했었다.

내가 아를에 도착했을 때는 밤도 다 지날 무렵이어서,

---

96) 폴 고갱, 《전과 후》에 실려 출판되었다. 샤를 모리스가 《메르퀴르 드프랑스, Mercure de France》(1903년 10월)에 수록했다.

밤에 문을 여는 카페에서 동트기를 기다렸다. 주인은 나를 쳐다보더니 이렇게 외쳤다. "아, 당신이 바로 그 친구로군요, 알아보겠습니다."

주인은 빈센트에게 내가 보낸 내 자화상을 본 적이 있었던 모양이다. 빈센트가 그에게 내 초상을 보여주면서, 내가 곧 올 거라고 설명했던 것이다. 너무 이르지도 늦지도 않게 나는 빈센트를 깨우러 갔다. 하루 종일 짐을 풀고, 엄청나게 수다를 떨고, 아를과 아를 여자들의 아름다움을 보러 나갔다. 여담이지만, 그렇게 혹할 만할 정도는 아니었다.

이튿날부터 우리는 작업에 돌입했다. 그는 하던 것을 계속했고 나는 새로 시작했다. 내게는 다른 사람들처럼 고민도 없이 척척 그리는, 그런 능력은 없었다. 그런 사람들은 열차에서 내리자마자 팔레트를 들고, 단숨에, 당신을 광채로 생생하게 묘사한다. 그림이 마르면 서명해서 뤽상부르(Luxembourg)미술관에 보낸다. '카롤뤼스 뒤랑(Carolus Duran)'이라고. 나는 그의 그림을 좋아하지는 않지만 그 사람은 좋아한다. 그렇게 자신만만하고 태연할 수 있다니! 그런데 나는 불확실하고 불안하다.

어느 곳에서나 침잠의 시간이 필요하다. 풀과 나무, 자연, 결국 그토록 다양하고 변화무쌍해서 가르쳐주지도 굴복하지도 않으려는 자연을 배울 일정 기간이 필요하다.

그러니 아를과 주변의 참신한 맛을 제대로 음미하자면 몇 주는 걸릴 판이었다. 꿋꿋이 작업하는 데에 방해가 될 것은 전혀 없었다. 특히 빈센트가 그랬다. 우리 둘 모두 화산이었다. 그는 활화산이고 나는 부글부글 속만 끓이는 휴화산이었다. 두 사람 사이에는 이미 싸움이 벌어질 참이었다.

우선, 나는 모든 것이 엉망이라서 충격을 받았다. 물감통에는 눌러 짜고 난 튜브들이 있을 뿐, 뚜껑을 닫는 법이 없었다. 혼잡과 낭비가 넘치는 가운데 모든 것이 캔버스 위에서만 반짝였다. 그의 말도 마찬가지였다. 알퐁스 도데, 콩쿠르 형제의 소설들과 성경은 이 네덜란드 친구의 머리에 불을 질렀다. 아를에서, 둑과 다리, 배, 남프랑스의 모든 것이 그에게는 고향 네덜란드와 같은 것이었다. 심지어 그는 네덜란드어로 글을 쓰는 것도 잊어버렸다. 이제 그가 동생에게 쓴 편지가 출간되어서 알 수 있지만, 빈센트는 프랑스어로만 글을 썼다. 또 '그러니만큼, …… .로서는'

이라는 표현을 포기하지 않았다. 그의 복잡한 머릿속에서, 비평을 논리적으로 풀어주려고 애써보기는 했지만, 내가 보기에 그의 그림과 생각은 너무 정반대였다. 예컨대, 그는 메소니에(Meissonier)를 극찬하는가하면 앵그르(Ingres)를 심히 혐오했다. 드가(Degas) 때문에 절망하면서 세잔(Cézanne)을 삼류화가 취급했다. 몽티셀리(Monticelli)를 생각하면서 눈물까지 흘리고.

그는 내가 대단한 지성이니 인정하라며 화를 내기도 했다. '바보라면서 겸손할 필요가 뭐냐'고. 나는 바보처럼 보일만큼 이마도 좁은데. 이 모든 것의 핵심은 빈센트의 크나큰 자애심과 복음서 같은 이타주의 때문이었다.

첫째 달부터 나는 우리의 공동 생활비가 엉망임을 알게 되었다. 어떻게 해야 할까? 난처했다. 구필(Goupil) 화랑에서 일하는 그의 동생이 보내주는 돈이 통에 들어있었다. 내 몫은 그림과 교환하게 될 만큼이었다. 당연히 그래야겠지만 쉽게 낭비할 수 없는 노릇 아닌가. 그러니 문제를 해결하자면 내 성격과 전혀 어울리지 않을 만큼 깐깐하게 굴어야 했다. 생각만큼 어렵지는 않았다.

돈통에는, 밤 나들이와 위생에 필요한 비용, 담배, 예비

비와 집세가 들어있었다. 이런 것들에 대해 각자 지출할 때마다 정직하게 적어놓는 연필과 종이도 있었다. 또 다른 통에는, 매주 식비로 쓸 사등분한 금액이 들어 있었다. 우리는 작은 식당조차 발을 끊었다. 빈센트는 집 근처에서 장을 보고, 나는 부엌에서 작은 가스 화로로 조리했다. 한번은 빈센트가 수프를 끓이려 했다. 나는 그가 어떻게 할지 알 수 없었다. 식탁에 갖가지 재료가 넘쳤기 때문이다. 우리가 먹기도 어려울 정도로 늘 그렇게 어질러놓곤 했다. 그런데 빈센트는 웃으면서 이렇게 외쳤다!

"타르타랭! 도데의 모자다!"[97]

벽에는 이렇게 써놓았다.

"나는 성령이다, 나는 정신이 말짱하다!"

우리가 얼마나 함께 지냈을까? 알 수 없다. 완전히 잊었

97) 알퐁스 도데의 소설《타라스콩의 타르타랭》. 남프랑스 타라스콩(Tarascon) 마을에서는 모자를 공중에 던지고 사격하는, 모자 사냥 놀이를 한다. 모자 사냥꾼인 낙천적인 타르타랭(Tartarin)은 북아프리카로 사자사냥을 떠난다.

다. 재앙은 너무 빨리 닥쳤고 나 또한 일에 열중했지만, 모든 것이 백년쯤 지난 기분이다.

사람들이 믿기 어려울 정도로 우리는 많은 작업을 했다. 서로에게 유익했고 어쩌면 다른 사람들에게도 유익할 결실도 없지 않았다.

내가 아를에 도착했을 때, 빈센트는 신인상주의 화풍을 선보이고 있었다. 밖으로 엄청나게 돌아다니며 그렸다. 그래서 고생이 심했다. 어느 화파와 마찬가지로 그 화풍도 나쁘지 않았다. 하지만 성급하고 독립적인 그의 기질과는 너무나 맞지 않았다.

보라에 노랑을 덧칠하는 그의 모든 보색작업은 자기 식으로 산만하게 그려서 단조롭고 불완전하면서도 아무튼 부드러운 조화에 이르렀다. 하지만 상쾌하지는 않았다.

나는 그를 깨우쳐주려고 했다. 어려운 일이 아니었다. 비옥하고 풍요로운 땅을 보았기 때문이다. 개성이 뚜렷하고 독창적이었던 만큼 빈센트는 어떤 걱정도 편견도 없었다.

바로 이 무렵부터, 빈센트는 놀랍게 진보했다. 그는 자기 속에 있던 모든 것을 보게 된 듯했고 또 그것을 넘어 빛으로 넘치는, 햇볕에서 햇볕으로 이어지는 모든 것을 본 듯했다.

"여러분은 <시인의 초상[98]>을 본 적이 있습니까?

얼굴과 털, 노란색(Chrome yellow) 1번 물감,

노란색 2번 물감의 옷,

노란색 3번 물감의 넥타이,

노란색 4번 바탕에 에메랄드색 장식 핀,"

어떤 이탈리아 화가가 내게 했던 말이다. 그러면서 이렇게 덧붙였다. "모든 것이 노랗군요. 그림이라는 것이 대체 무엇인지 더는 모르겠소이다!"

자세한 기법을 이 자리에서 늘어놓는 것은 한가한 이야기가 되겠다. 그런 말을 하자면 빈센트가 자기 독창성을 단 한 뼘도 잃지 않고서, 내게서 유익한 가르침을 받았다

---

98) 1888년 9월에 노란색을 많이 사용해서 그린 <시인-외젠 보흐 (Eugene Boch)의 초상>이다. 외젠 보흐는 화가이다. 시인은 아니다. 반고흐가 자신의 여동생에게 보낸 편지에서 이 친구를 '시인'처럼 그렸다고 설명했기 때문에 '시인'이라는 별칭이 붙었다.

고 해야 한다. 그는 매일 나를 칭송했다. 또 그는 알베르 오리에(Albert Aurier)[99]에게 편지를 쓸 때도 그렇게 말하고 싶어 했다. 자신이 폴 고갱에게 큰 빚을 지고 있다고.

내가 아를에 도착했을 때, 빈센트는 자신을 찾고 있었고, 나는 그보다 나이가 더 많은[100] 사람이었다. 내가 분명 빈센트에게 신세진 것이 있다. 전부터 갖고 있던 그림에 대한 내 생각을 더욱 확고히 다졌다. 빈센트도 자신에게 유익했다고 생각했다. 내 기억으로는, 힘든 때에, 그 친구 덕분에, 그보다 더한 불행을 겪었다.

'고갱의 데생은 반고흐의 데생을 연상시킨다'는 글을 읽었을 때 나는 웃을 수밖에 없었다.

내가 머물던 마지막 며칠 동안, 빈센트는 극도로 거칠게 수선을 떨었다. 그러더니 말이 없어졌다. 어떤 날 밤에는 빈센트가 벌떡 일어나 내 침대로 다가와 놀라기도 했다.

"이 시간에 왜 깨우고 난리야?" 항상 점잖게 말하면 괜

---

99) 프랑스 시인, 고갱과 반고흐를 가장 먼저 이해한 비평가였다.
100) 고갱은 당시 40세, 반고흐는 35세였다.

찮았다.

"빈센트, 무슨 일이야?" 그러면 다시 말 없이 자기 침대로 돌아가 죽은 듯이 잠들곤 했다.

나는 그가 그렇게도 좋아하는 해바라기를 그리는 모습을 초상으로 그릴 생각이었다. 그렇게 <해바라기를 그리는 반고흐>를 그렸더니, 그는 이런 말을 했다.

"나는 난데, 미친 나야."

바로 그날 저녁에 우리는 카페로 갔고 그는 가볍게 압생트를 한 잔 했다. 그러다 갑자기 그가 술잔을 내 머리로 던졌다. 나는 피하면서 그의 팔을 뒤로 꺽은 뒤에 카페를 나와 빅토르 위고 광장을 건넜다. 조금 뒤에 빈센트는 침대에 누워있었다. 그는 곧 잠들었고 아침에 깨어날 때까지 골아 떨어졌다.

그가 일어나서 아주 침착하게 내게 말했다.

"엊저녁에 내가 못된 짓을 했던 것 같기는 한데 잘 생각이 나질 않아."

"그래, 까짓것 용서하지, 그런데 어제 같은 일이 다시 벌어지면, 내가 얻어맞게 된다면, 나도 참지 못하고 네 목을 비틀어버릴지도 몰라. 그러니 동생한테 내가 돌아간다고 편지 해."

그런데, 그날, 아이고, 하느님!

저녁을 간단히 먹고 나서 월계수꽃이 핀 길로 혼자 바람을 쐬러 나갔다. 빅토르 위고 광장을 거의 다 건너갔을 때, 내 뒤에서 아주 익숙한, 빠르고 갑작스런 발걸음 소리가 들렸다. 빈센트였다. 그가 손에 면도칼을 쥐고 내게 달려들던 그 순간에, 내가 돌아섰다. 나는 그를 향해 눈을 부릅떴다. 그가 멈추었고 고개를 숙이더니 집으로 가는 길로 달려갔다.

그때 내가 겁을 먹었을까? 곧바로 그의 무장을 해제하고 진정시켜야 했을까? 종종 이렇게 묻게 되지만 그렇다고 자책하지는 않는다.

나한테 돌을 던지려거든 던지시라.

나는 곧장 아를의 호텔로 들어가, 시간을 묻고, 방을 잡고, 잠자리에 들었다. 너무 심란해서 새벽 3시에야 잠이 들었고 7시 30분쯤 깨었다.

광장으로 나오자 많은 사람들이 모여 있었다. 우리 집 근처에 헌병들과 베레모를 쓴 키 작은 형사가 와있었다. 전날 밤 이런 일이 벌여졌다.

빈센트는 집으로 돌아가, 즉시 귀뿌리까지 바짝 자신의 귀를 잘랐다. 한동안 그는 지혈을 했던 모양이다. 이튿날 방마다 타일바닥에 피가 흥건한 여러 장의 수건들이 널려 있었다.

피가 흘러 방 두 개를 망쳐놓았다. 침실로 올라가는 계단까지도.

밖으로 나갈만해진 그는 머리를 싸매고, 바스크 베레모를 푹 눌러쓰고, 곧바로 고향 여자 대신 알고 지내던 집(사창가)으로 가서 그날 '당번'인 여자에게, 깨끗이 씻어 봉투에 넣은 자신의 귀를 주면서 이렇게 말했다. "내 기억이요."

그리고 그곳을 빠져나온 그는 집으로 돌아가 덧창을 달고, 창가에 놓인 탁자의 램프를 켰다. 10분 뒤, 동네 사람들이 창부의 집으로 몰려가 술렁대며 그 사건에 대해 떠들어댔다.

집 문턱에 발을 들여놓았을 때 나는 이 모든 것을 확인할 수 있었다. 형사가 내게 딱딱하기 짝이 없는 말투로 불쑥 이런 말을 던졌다.

"대체 친구한테 무슨 짓을 한 거요?"

"난 모르는 일이오."

"알고 있는지 모르겠지만, 그는 죽었소."

그 순간 아무도 보고 싶지 않았다. 뛰는 가슴을 진정시켜야겠다고 생각하는 데에도 상당한 시간이 걸렸다.

화가 나고, 분노와 괴로움이 치밀고, 모두 다 창피해서 숨이 막혀 죽을 지경이었던 나는 더듬거리면서 이렇게 말했다.

"알겠습니다, 자, 올라가서 보고 설명합시다."

침대에, 빈센트는 이불을 덮어쓰고 누워있었다. 총에 맞은 개처럼 쪼그린 채 정신이 없어 보였다. 나는 살그머니 체온이 살아있음을 전해주던 그의 몸을 더듬었다. 그제야 나도 정신이 맑아지고 기운을 차렸다.

나는 꽉 잠긴 목소리로 형사에게 말했다.

"이 친구가 깨어나 내 소식을 묻거든 파리로 떠났다고 해주시오. 그가 나를 보게 되면 끔찍하게 나빠질 테니까."

형사는 그렇게 하겠다고 말하면서 재빨리 의사와 마차를 불렀다.

깨어난 빈센트는 곁에 있던 사람에게 파이프와 담배를 청하고 나서, 아래층에 있던 돈통 생각을 했다. 고통을 버티고 나더니 나를 헐뜯게 될 의심을 했다!

빈센트는 병원으로 실려 갔고, 도착하자마자 헛소리를 시작했다.

그 나머지 이야기는 세상 사람이면 누구나 다 알만 한 것이니 다시 말할 필요는 없겠다. 정신병원에 입원해서 매달 자신의 상태를 충분히 이해할 만큼의 정신을 차리고, 우리가 알다시피 맹렬하게 놀라운 그림들을 그린 빈센트. 그의 극도의 고통은 다 모를 테지만.

내가 받은 그의 마지막 편지는 퐁투아즈 부근 오베르 (Auvers-Sur-Oise)에서 쓴 것이었다. 빈센트는 브르타뉴로 나를 찾아올 수 있을 만큼 회복되었으면 좋겠다고 했다. 그러나 지금은 그럴 수 없다고.

"거장, (그가 단 한 번 이런 표현을 입에 올렸다.) 당신을 만나 힘들게 하고, 이제 스러지는 정신으로 죽어가니 감사할 뿐입니다."

그는 배에 총을 쏘았고, 불과 몇 시간 뒤에 침대에 누워 담배를 피우면서, 말짱한 정신으로 죽었다. 다른 사람을 미워하지도 않았다. 자기 예술에 대한 사랑과 더불어 사망했다.

악령의 말

Parau na te Vārua ʼino

이렇게 나는 문명에서 멀어진다

　숲속의 이웃이 있다. 죽음을 두려워 않는 노인이다. 그는 문신 때문에 무섭게 보이지만 말라서도 그렇다. 그는 과거에 인육을 먹었다고 벌을 받았지만 중노동형기를 다 채우기 전에 돌아왔다

　아주 재미있는 이탈리아 선장이 나에게 호의를 보이려고 과거에 내가 막강한 거물이었다고 노인에게 말했다. 그래서 노인의 호감을 얻게 해주었다. 이런 거짓말을 부인할 생각은 없었지만, 내게는 매우 유용했다. 절대로 기독교로 개종하지 않았던 그 노인은 항상 마술사처럼 지냈는데 나와 내 집에 '터부(Taboo)'를 내렸다. 나를 신성이 지켜주게 했다.

　그들에게 선교사들이 가르쳐준 온갖 미신을 배웠다고 해도 그들은 여전히 자신들의 전통을 지킨다.

노인과 나는 친구가 되었고 나는 그에게 담배를 주었다. 그렇다고 놀라지도 않았다. 나는 그 노인에게 사람 고기가 먹을 만하더냐고 몇 번 물어보았다. 그랬더니 그는 낯을 펴면서(원시 부족 특유의 부드러운 표정이다.) 내게 멋들어진 치열을 보여주었다. 어느 날은 호기심 때문에 노인에게 정어리 한 통을 주었다. 오래 걸리지 않았다. 그는 아파하지도 않고 이빨로 통을 따더니 남김없이 싹 먹어치웠다.

이렇게 나는 늙어갈수록 문명에서 멀어진다. 화가로서 이야기를 덧붙이는 것은 마지막일 것이다.[101]

파투히바(Fatou Hiva)섬[102]에 처음 갔을 때부터 나는 대나무로 엮은 오두막과 덤불과 오솔길에 익숙했다. 해가 지면, 그 붉은 반영이 산을 에워싼다. 나는 자갈밭에 앉아 내

---

101) 타히티로 다시 돌아간 고갱은 1895년 9월 9일 파페에테에 도착했다. 타히티에 거주하다가 1901년 8월 마르키즈 제도의 히바오아(Hiva Oa)섬, 아투오나(Atuona)로 거처를 옮겼다. 이 글은 1902년에 썼고 1903년 5월 8일 고갱은 아투오나에서 사망했다.
102) 마르키즈 제도 히바오아섬 남쪽에 있는 섬

가 아는 것이 무엇인지 생각하거나 차라리 무심하게 피곤에 지친 사람처럼 담배를 피웠다. 내 앞에는 막대기로 헤쳐 놓은 덤불이 있었다. 그런데 알아보기 어려운 무엇이 엉덩이로 땅을 뭉개면서 천천히 나를 향해 걸어오는 듯했다.

나를 얼어붙게 하는 것이 무엇인지도 모르는, 그것이 두려움이었을까? 숨이 막히는 것은 물론이고. 그 몇 분간이 내게는 십오 분도 더 되는 듯했다. 나는 탐험가가 지팡이를 짚고 가볍게 불평을 하듯 '휴!'하고 한숨을 내쉬었다.

알고 보니 실오라기 하나 안 걸친, 깡마르고 온몸에 문신을 새긴 사람이었다. 문신 때문에 두꺼비 같아 보였다.

아무 말도 없이 그녀는 내 몸을 더듬었다. 우선 얼굴에서부터 몸으로(나는 허리에 '파레오'만 걸치고 있었다.) 차가운 흙투성이 손이었다. 파충류 같은 독특한 냉기, 끔찍하게 소름끼치는 느낌! 여자는 '푸파(Poupa, 유럽인)'라고 으르렁대듯 외치더니, 그냥 가버렸다. 똑같은 자세로 덤불을 향해, 반대편으로.

다음 날부터 나는 그 눈멀고 미친 여자가 덤불 속에서 오래전부터 그렇게 살고 있었다는 것을 알았다. 돼지들이 먹다 남긴 것을 먹으면서. 선의에 넘치는 하느님께서 그녀를 살려두신 것이다. 그녀는 그런데 낮과 밤으로 흐르는 시간도 알고 있었고, 어떤 옷도 걸치지 않으려 했다. 그녀 스스로 멋지게 만든 꽃목걸이만 둘렀다. 다른 것은 모두 팽개쳐 부숴버렸다. 나는 두 달 동안 그녀에게 완전히 사로잡혔고, 이젤 앞에서 그림을 그릴 때마다 그 모습이 떠오르곤 했다. 이렇게 내 주변은 온통 미개하고 거친 야만의 모습뿐이다. '파푸(Papou)[103]의 거친 예술'이다.

그림을 그리는 사람의 마음속에는 대중의 눈에 구체적인 모습으로 보여줄 수 없는 감정이 있다! 기껏해야 불가사의한 신비의 희미한 반영이다!

103) 파푸아뉴기니. 오세아니아 원주민.

소식(편지) 기다리니?

Te tīa'i na oe i te rata

《노아노아》 판본에 대하여

타히티어 노아노아(NO'ANO'A)는 형용사로 '향기로운'이라는 뜻이다. '향수, 향기, 꽃다발'이라는 뜻도 있다. 고갱은 '향기로운'이라는 형용사로 이 말을 사용했다.

고갱은 1891년 6월 8일(파리 출발 4월 4일) 타히티에 처음 도착했다. 《노아노아》는 1893년 6월 14일(프랑스 마르세유 도착 8월 30일)까지 2년 동안의 타히티 이야기이다.

파리로 돌아와서 1893년 11월 타히티에서 그린 작품들로 전시회를 열면서 고갱은 전시회 카탈로그에 서문을 쓴 시인 샤를 모리스(Charles Morice)에게 타히티 이야기를 책으로 출간하고 싶다는 뜻을 내비쳤다. 그래서 두 사람은 공동으로 책을 내기로 했다. 고갱은 틈틈이 쓴 원고를 샤를 모리스에게 전했다. 1895년 고갱은 다시 타히티로 떠난 뒤 유럽으로 돌아가지 않았다.

《노아노아》 초판은 1901년 폴 고갱과 샤를 모리스 공저로 상징주의 문학지를 내던 파리의 플륌(Editions de La

Plume)출판사에서 나왔다. 이 책이 출판되기 전 1897년에 문학예술잡지 《라 르뷔 블랑슈, La Revue Blanche》에 일부가 수록되기도 했다.

초판(1901년)은 말라르메(Stéphane Mallarmé)의 시로 시작해서 모리스와 고갱의 글이 번갈아 등장한다. 총 11장 가운데 2, 4, 6, 8, 10, 11장이 고갱의 글이다. 샤를 모리스는 타히티 이야기와 신화를 소재로 쓴 시와 일부 산문을 수록했다. 고갱이 타히티에 있는 동안 파리에서 책이 출판되면서 고갱은 최종 원고를 확인하지도, 책이 곧 출간된다는 사실도 미리 알지 못했다.

1901년 11월 히바오아 섬에서 고갱은 친구 다니엘 드몽프레(Daniel de Monfreid)에게 보낸 편지에 이렇게 썼다.

"내게 알리지도 않고 《노아노아》가 출판되었다. 그것을 내게 한 부 보내주게."

1902년 5월, 드몽프에게 보낸 편지에는 이렇게 썼다

"《노아노아》를 위해 샤를 모리스와 협력한다는 자네 말은 불쾌하지 않다. 협력에는 두 가지 목적이 있다. 대부분의 공저는 두 사람의 저자가 함께 작업한다. 내가 원한 것은, 나는 야만인에 관해 쓰면서 우리 둘의 성격을 대비시켜

는 것이었다. 나는 간결하게 미개인으로서 글을 쓰고, 모리스는 문명인으로서 글을 쓰면 독창적일 거라고 생각했다. 나는 이런 협력을 상상하고 방향을 제시했다. 아울러 우리들, 거친 야만인과 썩은 문명인 중에 누가 더 나은지 보여주려고 했다. 모리스는 책을 계절에 맞게 출간하기를 원했다. 어쨌든, 내게 불명예는 아닐 것이다."

세련된 문명을 보여주는 샤를 모리스의 글과 원시적인 야만을 드러내는 자신의 글이 대비되기를 원했지만, 생각했던 것과는 조금 다른 모습으로 출간된 《노아노아》는 공동작업을 한 것과 유사한 결과가 되었다. 그래서 《노아노아》 초판본에 대해 아쉬움을 전했지만, 고갱이 사망할 때까지 거주했던 집 문앞에 놓았던 자신이 만든 조각상의 기단에 《노아노아》 7장 '마래가 있다'에 나오는 샤를 모리스의 시를 새겨넣었다는 사실을 보면, 고갱이 모리스를 불쾌하게 생각하지는 않았던 것으로 보인다.

고갱은 <NOA NOA>라는 제목을 붙인 노트에 자필로 쓴 《노아노아》 원고를 남겼다. 이 노트에는 서문에 해당하는 샤를 모리스의 <몽상>(1901년 초판 1장)을 옮겨 적었고, 그 뒤에 자신의 글을 배치했다. 2장부터는 모리스의 글은 없고, 오직 고갱의 글이지만 2, 4, 6, 8……장으로 숫자를 건너뛰어 쓰면서 초판과 같은 소제목을 사용했다. 노트의 일부 페이지에는 수채화도 몇 점 그려넣었다. 이 노트와 수채화들을 <노아노아 앨범, Album Noa Noa>이라고 부른다.

고갱은 타히티에 있다가 히바오바 섬으로 거처를 옮겼고, 1903년 5월 히바오아 섬의 아투오나(Atuona, Hiva Oa)에서 사망했다. 고갱 사망 후, 타히티와 히바오아 섬에 있던 오랜 기간 동안 서신을 나누면서 고갱을 살펴주었던 화가 다니엘 드몽프레는 유족의 대리인 자격으로 고갱이 남긴 몇 권의 노트를 전달받았다. 대부분의 유품은 현지에서 경매처분되었다. 그는 고갱의 회고전과 전기의 출간을 도모하면서, 고갱이 남긴 필사본을 바탕으로 일부 내용을 수정해 1924년 《노아노아》 결정판(Edition définitive)을 출간했다(Éditions G. Crès et C 출판사).

초판은, 첫 페이지에 나오는 파페에테 항구의 '베뉴스 곶'이라는 구체적인 장소를 생략했다. 첫 인상 '요정의 나라'도 '특이한 나라'라고 특정한 비유를 생략하고 일반적인 뜻만 전했다. 결정판은 이렇게 몇몇 부분을 수정했다.

드몽프레는 결정판에도 샤를 모리스의 글은 그대로 두

었다. 샤를 모리스도 사망한 뒤였다. 그러나 모리스의 유족과 협의하여 공동저작이 아닌 고갱만의 저작으로 표시했다. 샤를 모리스의 시를 수록했다는 사실만 밝히면서 모리스의 유족에게 원고료를 지급했다. 이렇게 《노아노아》는 고갱의 단독 저작물이 되면서 이후에 나온 판본은 프랑스판이든 외국어 번역본이든 샤를 모리스의 글을 제외한 고갱의 글만으로 출판되었다.

1926년에는 고갱의 필사본을 그대로 촬영한 《노아노아》 영인본(Edition facsimile)도 출간되었다. 원본은 드몽프레가 1927년 프랑스 루브르박물관에 기증했다.

한국어판은 1924년 결정판에서 고갱의 원고만을 옮겼고, 보들레르(Charles Baudelaire)의 시로 시작한다. 원래 고갱은 보들레르의 시에서 '말하라, 그대가 본 것은 무엇인가?'라는 한 줄만을 인용했지만, 이 책에서는 고갱이 인용한 곳 바로 앞의 한 연을 추가했다(편집자 옮김).

《노아노아》에서 고갱은 타히티 정경뿐 아니라 문명과 야만, 불교와 폴리네시아의 신화 등 그의 작품세계의 바탕이 되는 다양한 주제들을 풀어놓았다. 겉으로 보기에는 가벼운 형식이어서 쉽고 흥미롭게 읽히지만, 이 이야기가 속으로 품은 내용은 타히티를 무대로 그린 고갱의 대다수 작품을 이해하는 필수적인 안내서가 된다. 그림만으로도 충분히 매력적이지만, 고갱의 타히티 그림들은 《노아노아》와 함께 보면 더 풍부한 이야기를 전한다. 특히 고갱의 작품에는 타히티어로 제목을 붙인 것들이 많다. 타히티의 신화나 문화가 스며들어 있다.

　그래서 《노아노아》는 고갱의 타히티 그림이 있는 자리에는 언제나 함께 놓이는 문제적인 텍스트이다. 《노아노아》는 고갱이 품고 실천했던 생각과 미적 혁신을 대변하면서도 한편으로는 비판과 극복의 대상으로서 냉정한 판단의 근거가 되기도 한다. 권력과 식민주의, 페미니즘, 낭만주의적 환상, 유럽의 시각에서 상대화한 '야만' 등에 관한 비판적 관점들이 그것이다. 이런 관점 때문에 20세기를 거치면서 고갱의 타히티는 논란의 대상이 되기도 했지만 21시기에 들어서는 그것을 다시 살펴 넘어서려는 접근와 더불어 《노아노아》는 여러 나라에서 여전히 중요한 텍스트로 출판되고 있다. 고갱이 남긴 다른 필사본 원고인 《전과 후》, 《그림쟁이의 이야기》, 《내 딸 알린에게 주는 노트》

도 사후에 출간되었다.

이 책, 한국어판은 초판과 결정판에서 프랑스식으로 표기했던 타히티어를 현재의 타히티어 표기법에 따라 수정했고, 그동안 화가 고갱의 행적만을 강조하며 쉽게 넘겨버린 타히티의 자연와 풍속은 물론 천문과 신화, 불교 경전, 인용문에 대해 주석을 달아 의미를 명확히 하면서 일부 문제적인 부분에 대해서도 이해의 폭을 넓혔다.

불교 경전의 경우 산스크리트어로 씌인《법구경》의 인용문은 고갱의 불교적인 사상을 평가하는 측면에서 일부 서양 연구자들에게 알려졌으나, 한국어판 주석에서 밝힌 《42장경》은 인도에서 나온 경전이 아니라 중국 승려들이 한문으로 쓴 경전인 까닭에 서양인이 확인하기는 쉽지 않았을 것이다. 고갱의 프랑스어와 경전의 교차비교는 프랑스 학자 레옹 페르(Léon Feer)의 《Le Sûtra en 42 articles>의 1878년 번역본을 이용했다.

고갱은 <마오히 고대 신화>라는 별도의 노트를 만들어서 폴리네시아의 신화를 정리하면서 노트에 그림도 그려넣었다. 비록 서양미술의 시선으로 타히티를 보았지만 그는 원주민의 미술에도 깊은 관심을 가졌고 원주민들 사이에서 삶을 마감했다.

한국어판의 타히티 관련 주석은 타히티와 고갱 사이의 균형을 유지하려는 시도로써. 타히티에 대한 이해는 결국 고갱에 대한 비판에도 올바른 근거가 될 것이다.

신화나 설화의 경우 대부분은 고갱이 뫼랑후의 책(1837년)에서 가져왔지만 출처를 밝혔으니 표절이나 복제보다는 인용과 관심으로 보아야 할 것이다. 뫼랑후 또한 영국 런던선교회의 오스몬드(Orsmond) 선교사와 함께 지내면서 그의 기록을 많이 참고했다. 오스몬드의 원고는 타히티에서 교사로 있던 손녀 테우이라 헨리(Teuira Henry)가 보완해서 나중에 《Ancient Tahiti》(1928년)라는 책으로 출판했다. 뫼랑후는 또, 선교사 윌리엄 엘리스(William Ellis)의 《Polynesian Researches》(1829년)도 참고했다.

뫼랑후의 글을 가져오면서 고갱은 자기식으로 조금 바꾸기도 했다. 일부는 그가 의도한대로 간략해졌지만, 가려진 부분도 있다. 천문신화는 뫼랑후의 단편적인 문장을 따져보지 않고 가져오면서 애매해진 경우이다. 별은 폴리네시아 원주민에게는 특히 중요하다.

폴리네시아 사람들은 달을 중심으로 절기를 판단했다. 히나(달)와 테파투(땅)에 관한 해석에 있어서도 고갱은 자신만의 시각으로 뫼랑후의 입장을 더 확대하지는 못했다.

그렇지만 불분명다고 해서 영어판처럼 일부 별자리 이야기를 생략한다면, 테우라를 통해 별에 대한 애정을 그나마 잃지 않았던 고갱을 더 왜곡한 결과가 될 것이다. 따라서 이 책에서는 별자리 부분에 주석을 넣어 타히티의 천문을 보완하면서 오류를 바로잡았다. 다만 주석이 너무 길어지는 것을 염려해 내용을 더 상세히 쓰지는 않았다. 천문과 신화는 타히티 폴리네시아대학 클로드 테리이에루이테라이(Claude Teriierooiterai)의《Mythes, Astronomie, Découpage du temps et navigation traditionnelle》(2013) 등의 문헌을 참고했다.

타히티의 신화는 자연이나 풍속을 이해하는 근거이다. 신화와 설화에는 타히티 사람들의 삶의 양식이 담겨있기 때문이다. 이 책은 그동안 신화 관련 낱말에 막연한 추측으로 무의미한 주석이 달린 것들(달빛 전사, 마라아 동굴)의 뜻이나 표기상의 오류를 바로잡았고, 간단한 내용은

본문의 괄호 안에서 넣어서 뜻을 풀었다. 과거 관점으로 본 설화나 해석에도 주석을 달아 관점의 차이를 좁혔다. 아울러 자연과 생활 등 옛날 타히티의 실제 모습을 더 또 렷히 보여주기 위한 각주도 추가했다.

최초의 타히티 정착 유럽인이었던 선교사들이 적은 일 지부터 오스몬드, 엘리스, 뫼랑후의 저서까지 광범위한 자 료를 바탕으로 타히티와 폴리네시아 문화를 연구한 더글 러스 올리버(Douglas L. Oliver)는 선교사들의 윤리적(기독교 적) 관점과 유럽문화를 바탕으로 해석한 타히티 풍속의 의 미나 낱말들의 불완전함을 지적했다. 고갱 또한 뫼랑후의 글을 가져오면서 뫼랑후가 가져온 선교사의 관점을 본의 아니게 다시 가져온 것들도 있다.

올리버는 동식물과 생활 도구는 물론 사회관계나 감정 표현의 관습까지도 살피면서, 타히티 사람들은 해마다 한 살 더 먹는다는 유럽식 생각을 하지 않았기에 나이를 셈하 지 않았고, 자유로운 남녀관계를 가리키는 표현에도 타히 티만의 고유문화가 있음을 강조했다.

천문과 신화 연구자인 클로드는, 타히티인에게는 <과 거, 현재, 미래>라는 시간은 없고, '다시 이어지는' 매듭(또는 마디, 하나의 결실)들이 시간축을 구성한다고 말하면서 마타무아(mātāmua, 시작 또는 앞), 무리(Muri, 여러 차례의 지금), 아무리(A-Muri, 다시 이어지는 무기한의 지금)의 개념이 있다고 설명했다.

'마타무아'는 고갱의 그림과 《노아노아》 본문에 '옛날'이라는 뜻으로 거듭 나오는 낱말이다. 고갱이 자신의 그림에 타히티어로 제목을 붙인 것들이 많지만 프랑스어로 쓴 《노아노아》에서는, 타히티가 프랑스를 통해 한 차례 흐려지고, 다시 한국어 번역을 통해 또 흐려질 수 있다는 점도 생각해야만 한다.

타히티에서는 대리양육이나 입양이 자연스러운 풍습이었고, 여성에게는 배우자에 대한 선택권이 있었고, 서양인이 등장하기 전에는 성매매도 없었고, 자연에는 현재까지 뱀도 없다. 아리오이가 전쟁의 신 오로를 숭배했지만 호전적인 뉴질랜드 마오리에 비해 타히티 마오히는 밤의 축제를 통해 전쟁을 평화로 승화시켰다는 평가도 있다.

마오히 사람들의 세계는 포(Pō, 밤과 어둠, 신성한 초자연적 세계)와 아오(Ao, 낮, 일상)로 이루어진다. 기독교와는 다르게 밤과 어둠(포)의 시공간은 신성하며 좋은 것이다.

지옥이라는 개념은 없다. 낮과 밤이 교차하면서 삶의 기쁨을 만든다. 그런 자연과 문화의 개성적인 것들을 더 깊게 보아야 하는 것들이 이 책 내부에 놓여있다.

그런 까닭에 주석을 통해 이런 것들을 최소한 소개하고자 했지만, 주석이 지닌 한계가 있다는 사실을 덧붙일 수밖에 없다. 신화는 뫼랑후의 《Voyages aux îles du Grand océan》(1837)과 고갱의 텍스트를 비교하면서, 엘리스(William Ellis)의 《Polynesian Researches》(1829,), 드레슨(H.A.H Driessen)의 《From Ta'aro to Oro》(1991), 크레이그(Robert Craig)의 《Handbook of Polynesian Mythology》(2004)를 참고했고 생활이나 사회관계는 더글라스 올리버의 《Ancient Tahitian Society》(1974년)를 참고했다.

타히티어는 문자가 없는 구어였기 때문에 고갱은 프랑스식으로 표기했다. 이 책은 현행 타히티어 표기법에 따라 바꾸었다. 지명이나 식물, 민속 관련 명칭은 타히티어 우선으로 하되, 파페에테, 파레오 등 일부만 관용을 따랐다.

타히티로 가기 전에 고갱은 말라르메 등 프랑스 상징주의 시인들의 정기 모임에 참석해 시인들과 어울렸다. 말라르메의 초상도 그렸다. 따라서 고갱의 예술적 태도에 상징주의 문학의 특성이 배어있을 것이라는 짐작을 하기에 충분하다. 이것은 그가 상징주의 시의 시조인 에드거 앨런 포의 시 <큰까마귀, The Raven>의 내용을 자신의 그림 <네버모어, Nevermore>에 끌어오고, 딸에게 남긴 노트에 포에 관한 긴 글을 썼고, 포의 후예인 보들레르의 시를 인용하고, 상징주의의 핵심 개념 '불가사의한 신비'를 다른 글에서도 거듭한 사실 등으로 미루어보면 더 분명하다.

심지어 상징주의 시인 샤를 모리스가 고갱의 원고를 다듬으며 개입했다. 그러나 이것을 파악하기란 쉽지 않다. 상징주의 시는 의미를 특정하지 않는, 그래서 난해하다는, 그런 현대시의 한 뿌리이기 때문이다. 《노아노아》에서 고갱의 글은 단순하지만 그 때문에 오히려 말라르메 시의 여백 같은 불특정한 의미도 간혹 생겨난다.

이 책의 번역문은 산문적인, 이야기로서의 기본형식에 따라 일반적인 방향으로 나아간다. 《노아노아》 초판과 결정판, 고갱의 필사본 노트에서도 고갱의 글은 모두 '이야기꾼이 말하다(Le conteur parle)'라는 소제목으로 시작했다. 그렇지만 혹시라도 이 책에서 어떤 문장이나 낱말의 의미를 일방적으로 고착화하는 관습적 표현으로, 오직 이야기 중심으로, 성급하게 한정한 부분이 있다면 앞으로 새로운 번역 또한 필요할 것이다.

상징주의에 관해서는 고갱 스스로 그것을 벗어났다고 말하려 했지만 마지막 시기 작품 <우리는 어디에서 왔는가? 우리는 누구인가? 우리는 어디로 가는가?>를 설명하는 드몽프레에게 보낸 편지(1898년 2월 11일)에서, "도마뱀을 발에 쥔 이상한 흰 새는 말이 공허한다는 것을 상징한다."고 말한다. 타히티를 통해 벗어나기도 했지만 여전히 상징주의의 기초적인 맥락 안에 있다.

《노아노아》결정판에 실렸던 글은 아니지만, 필사본 노트에 빈센트 반고흐에 대해 고갱이 쓴 글과 히바오아섬에 거주할 무렵 원주민에 대해 쓴 글을 이 책에 덧붙였다. 반고흐에 관한 글들은 1923년에 출판된 《전과 후, Avant et après》에, 히바오아섬 시기에 쓴 글은 1951년 출판된《그림쟁이의 이야기, Racontars d'un rapin》에 수록되었다.

이 책에는 또 고갱의 유화와 필사본의 수채화, 자필 원고도 일부 덧붙였다. 고갱은 초기 타히티 그림들을 가지고

네버모어(Nevermore)

〈노아노아〉 목판화

1893년 파리에서 전시회를 열었다. 이 전시회에 걸린 회화 작품 44점 가운데 40점이 타히티 그림으로 《노아노아》와 직결되는데 이 시기의 작품은 총 70여 점이다. 이후에 타히티를 다룬 작품들도 《노아노아》와 관련이 있다.

고갱은 목판화도 제작했다. 이 목판화들은 <노아노아 연작>이라고 불린다. 길지 않은 글이지만 《노아노아》와 고갱 그림의 거리는 이렇게 가깝다.

타히티(폴리네시아)를 손에 넣은 프랑스는 1963년부터 1996년까지 여러 차례의 핵실험을 폴리네시아에서 했다. 서구인이 들어오면서 4만여 명이었던 원주민은 외래 전염병과 전쟁 등으로 사망해 8천여 명으로 줄었고 이후에는 백인, 동양계 이주 노동자, 혼혈인(Demis)이 늘어났다.

고갱의 바히네였던 테우라는 1918년 전염병으로 사망했다. 등장인물로 추정되는 바애투아 공주도 같은 해에 사망했다. 마라우 왕비는 고갱 사망 후 편지를 보내 유품에 관한 당시 사정을 알려주기도 했다.

뫼랑후가 활동할 무렵 타히티에 있었던 미국 소설가 허먼 멜빌(Herman Melville)은 그의 책 《오무, Omoo》에서, '타히티 사람들은 뫼랑후 일당을 끔찍히 싫어했다'는 말을 전했다. 뫼랑후는 대한제국의 을사보호조약 같은 프랑스보호령 조인의 핵심인물이다. 타히티어와 풍속을 익혀 프랑스 제국주의에 앞장섰고 미국으로 옮겨가서 영사도 지냈지만 그의 저술은 지금까지도 연구자들이 자주 인용한다.

끝까지 남태평양 섬을 떠나지 않고 원주민 마을의 오두막에서 궁핍한 삶을 마감한 고갱의 자리는 어디인가?

화가 고갱을 통해 어떤 자연과 예술과 역사가 우리 앞에 놓인다. 이제 《노아노아》를 거쳐 시대의 한계를 뚫고 '있는 그대로의 자연', 혁명적이고 열정적인 인간정신을 담은 예술적 텍스트, 새로운 《노아노아》가 다시 놓여지기를 소망한다.

주석 및 편집 박상순

《노아노아》를 옮기고 나서

    프랑스 화가 폴 고갱(1848-1903)의 독특한 문집《노아노아》(1893-1894)는 그의 친구, 시인 샤를 모리스가 1901년 프랑스어 초판을 펴낸 뒤, 최근까지 여러 나라 언어로 수많은 이본이 나왔다. 이 책은 우리에게 단편적으로 소개되었던《노아노아》의 한글 완역본이다.

    미술의 역사에서 화가의 글로서 빈센트 반고흐의 편지와 나란히 한 세기 넘게 널리 많은 사람이 읽은 글인데 비해 우리로서는 너무 늦게 접하게 되는 셈이다. 특히 이 글은 고대 폴리네시아의 종교와 그 신화와 전설을 전하는 증언으로서 화가의 에세이 이상의 중요한 글로 주목받기도 한다. 최근에야 학자들은 폴리네시아를 비롯한 원시문명의 가치와 인간관에 대한 그동안의 오해와 편견, 심지어 중상모략을 조금 반성했다.

    폴 고갱은 문명인의 소꿉장난 같던 예술을 현대문명의 좁은 울타리를 넘어 자연으로 끌어낸 진정 혁명적 예술가였다. 식민주의와 후기식민주의에 대한 많은 연구서가 쏟아지고 있다. 그러나 복잡한 논설이라 선뜻 가슴에 와 닿기는 쉽지 않다. 반면에, 폴 고갱의 《노아노아》는 솔직하고 거침없는 화법 때문에 문제의 핵심을 곧장 이해하게 된다. 재미있고 뭉클하게 서구인이 대변하는 현대문명의 오만과 행패를 실감 있게 전한다.

《노아노아》에서 폴 고갱은 원시문명보다 더 야만적이고 호전적인 현대문명의 변태성을 날카롭게 관찰했다. 그러면서 문명인 즉 우리의 내면에 깊이 억눌렸던 '순수한 원색'의 감정, 혼탁하게 물들지 않고 자연에서 크게 멀어지지 않은 인간성을 아름답게 그려냈다.

예술을 문명과 인류라는 큰 틀에서 접근했던 폴 고갱은 '원시문명은 미개하고 추하다'는 편견에 맞서 싸웠다. 사실, 타히티가 상징하는 '사라지는 낙원'의 모습을 글과 그림으로 남겼다.

폴 고갱이 최후의 날들과 마지막 화폭과 글로 증언한 야만인의 '향기'처럼 절실하게 그리운 냄새가 어디 있을까? 미세먼지와 공해와 산업쓰레기의 악취 속에 모두 괴상한 가면과 마스크를 두르고 외출하는 시대에……

고갱은 야만이라던 원시문명에서 겸손하게 배웠다.

"그래, 야만인은 낡은 문명인에게 많은 것을 가르쳐주었다. 인생과 행복의 예술에 무지한 사람들에게 너무나 많은 것을 가르쳐주었다."

《노아노아》는 이런 아픈 수련의 기록이다. 《노아노아》는 아무도 볼 줄도 이해할 줄도 몰랐지만, '자연을 이해한 화가의 절규'였다.

옮긴이 정진국

노아노아
— 향기로운 타히티

1판 1쇄 발행 2019년 2월 20일

지은이 폴 고갱
옮긴이 정진국
펴낸이 홍동원
발행처 (주)글씨미디어

디자인 홍동원
편집 및 주석 박상순

주소 서울시 마포구 월드컵로8길 61
전화 02)3675-2822 팩스 02)3675-2832
등록 2003-000441(2003년 5월 13일)
제작 씨케이랩
인쇄 천광인쇄
ISBN 978-89-98272-54-8 (03860)
한국어판 ⓒ 정진국, 2019